刑期已满

虫安◎著

华龄出版社
HUALING PRESS

有 态 度 的 阅 读

小马过河（天津）文化传播有限公司

目录

1

刑期已满，我去投奔狱中大哥

2014年，是我在高墙内服刑的第六个年头。这一年的年尾，我的狱友“满意哥”终于结束了他四年多的牢狱生活，出狱了。

他离开前，我们紧紧握手相约：外面聚！

1

2014年12月3日，满意哥出狱。监狱前的那条栽满了水杉的路上，已经铺满了枯黄的落叶。

时间倒退两个月，监狱里靠近文教楼的那几棵桂花树上的花还盛放着，犯人们出工、收工，都会在那块桂香四溢的地方踏着整齐的步伐。

“遵规守纪，参加劳动，认罪悔罪！”每路过一次，这个口号就会响亮起来，我们漫长的刑期也仿佛缩短了一些。当时，我和满意哥已经从那里路过3000多次了，我离出狱还有些时日，而在第三季度的减刑假释裁定书里，就有一份是满意哥的。

拿到裁定书的当天，他举着那张盖着红印章的A4纸到处炫耀。上面写着让人生畏的“组织领导黑社会性质组织罪”，同时还标注了——离他刑满释放的日期，已经不足60天。

这个数字，充满了诱惑力。

那天收工后，我、大军还有“肉瘤”照例陪着满意哥练拳。在监狱里，练拳习武、拉帮结伙是违规的，但我们几个敬仰满意哥丰富的实战经验，铤而走险地霸占了监区里最宝贵的监控盲区，并在那里成立了我们的“革命根据地”。

那天，大家练拳不如往常那样卖力，身体没流几滴汗，但唾液却消去了不少——我们问了出狱在即的满意哥很多问题。

“出去第一顿饭，你要吃哪几样菜？会不会东山再起？等我们出去了，能不能也跟着你混口饭吃……”我们期望他能给出确切的答案，好让我们能带着期望熬完剩余的刑期。

满意哥回答了关于食物、女人的问题，他滔滔不绝地讲着，而我们当时没有注意到，他已经把我们最希望得到答案的问题远远岔开了。

结束了那次并不合格的练拳，满意哥准备了一顿“丰盛”的欢庆宴。他用私藏的二两安吉白茶跟伙房的犯人换了20个茶叶蛋和4头大蒜。

围着吃完，满意哥就脱了身上的蓝色囚服，他举起那张裁定书，带着浓重的徐州口音对我们大声朗读道：

“依照《中华人民共和国刑法》第七十八条第一款和《中华人民共和国刑事诉讼法》第二百六十二条第二款之规定，裁定如下：对罪犯李万健减去有期徒刑10个月，刑期自2010年4月4日起至2014年12月3日止。本裁定送达后即发生法律效力。”

最后一句话，满意哥读得格外铿锵有力。等他读完，我们几个拍手庆祝，他嘿嘿地笑了。

2

在徐州金山桥蔬菜批发市场，“李万健”这个名字不一定有几个人知道，但提到“满意哥”这个外号，有几年是无人不知的。

当时市场建成不久，秩序混乱，摊位和入市的菜源常常遭遇争抢，打架斗殴的事儿乎每天都会发生。那年，满意哥 24 岁，还只是个打架颇狠的混混，常被菜场商铺老板请去平事。

他第一次吃官司，就是因为在菜场里聚众斗殴。

那是苏北 1995 年的冬天，天气很冷，菜市场里滴水成冰。外地菜贩聚集了 30 多号人，抢下了四车入市的蒜苗。当时正值年关，蔬菜紧俏，整个徐州菜市场过年期间也只有这四车蒜苗了。

在众多菜贩们的眼里，那卡车上面摞着的不是绿油油的蒜苗，而是红灿灿的钞票。

满意哥受人之托，带着五六个小弟，冲进了外地商贩的人群中。

“我头上挨了八棍，没倒！”满意哥说。

他们凭着一股狠劲儿，在那场混乱的殴斗中以少胜多。从此收获了本地商户们的敬畏，满意哥也被判了三年有期徒刑。

他第一次入狱，是在盐城大丰农场劳改，也叫“流氓改造”。

当时，警察打犯人，犯人也打犯人，谁能扛得住打，又打得了人，就可以在劳改队里拥有一席之地。服刑的那三年里，满意哥吃香的喝辣的，还把身体“锻炼”得非常结实。

第一次刑满释放后，满意哥在金山桥菜市场就有了一定的声望。逢年过节有紧俏的蔬菜入市，他也会凭借自己的势力垄断经营。他还强行入股每一家摊铺，实际上就是收“保护费”。即使是这样，菜贩们也乐意，“做生意发财，要图个安稳嘛”。

满意哥 1969 年出生，属鸡。算命先生曾说，他有十年的好命，但因为属鸡，所以最后送给他的谶语是：“你有翅膀，但只能蹦不能飞！”

他多次跟我们强调这句话的准确性。因为他确实有那么将近十年的时间“蹦”得老高。

那些年，他每天入账超过五位数。自己买了两套房，给亲姐买了一套，养了小老婆，也给她买了房。但这一切，都在 2008 年以后发生了逆转。

2008 年以后，菜市场里进来了一批商贩。他们团结又傲气，拒绝让满意哥加入，并且不把他放在眼里。因为他们背后有本地另外一个“大哥”撑腰。

过了两年，这帮菜贩就垄断了胡萝卜的批发经营，满意哥的威信受到了挑战，几次想约对方背后的人出来谈谈，可人家并不给面子。沟通不行，暴力无疑成了最直接有效的办法。

2010年3月的一天，满意哥约了菜市场的管理人员、保安科的科长吃饭。饭后，他让保安科科长集合市场里所有的保安开会五分钟，就在这五分钟里，满意哥的侄子高江带着人，提着铁棍，把所有倒腾胡萝卜的菜贩们痛殴了一顿。

幸运的，被打掉了门牙；倒霉的，被打断了腿骨。总之，满意哥的怒火不同程度地在这些外来菜贩身上留下了印记。

满意哥本以为那位背地里的高人会出面和他争个高下，谁知这个人始终没有露面。据说“上面有人”，借着扫黑除恶的政策到来，满意哥的事被告发了。

满意哥第一次开始审视自己“暴力至上”的理念，甚至开始怀疑“动拳头的难道真的比不过动脑子的”？这次，他也学着动脑子了，拿了40万现金给侄子，让他去顶罪自首。

可没想到，带头打架的高江也动了脑子，他揣着40万现金，一溜烟儿逃走了。

在徐州金山东路的一家宾馆里，满意哥被监视居住了一个月。这一个月里，警察允许他睡觉的时间，加起来不到30个小时。

“熬不住了！”

2010年9月，在徐州市鼓楼区人民法院的法庭里，金边法槌庄重地落下。满意哥被认定犯了“组织领导黑社会性质组织罪”，他并无异议。

他具有近身较量和原始搏斗的力量优势，但这次他的对手却连见面的机会都不给他。他像一头没有捕获到羚羊的雄狮，眼看着被自己轻视的猎物灵活而又优雅地逃脱，自己却身陷高墙电网之中。

这是一场暴力和“脑力”较量后的完败。

3

满意哥“二进宫”，监狱里的情形却不一样了。

新犯入狱训练里有一个重要的科目，那就是练习蹲姿。一旦成了犯人，就很少具备“站”的资格——见到新犯组长得下蹲，不仅要蹲，而且还要蹲姿标准。

满意哥是扁平足，蹲姿难看，也没有塑形成功的可能，他觉得蹲和跪，同样都是耻辱。他受够了那些向左向右、前进后退的机械动作；受够了蹲在地上，接受训练组长对不达标动作的挑拣。于是，在一次日常训练中，他像个发怒的猩猩，“扑腾”站起来，迎面给了组长一顿老拳。

但令满意哥没想到的是，“文明改造”显然比“流氓改造”更“进步”，可等他明白这个道理的时候，已经迟了。

他在严管队过了一段更难忍受的日子，这才终于明白，依靠蛮力在目前的改造形势下是没有出路的。监狱里那些混得好的犯人，通常都是有背景、有关系、有钱的主儿。比如，他注意到一个和他一同入监的，因受贿获刑的职务犯，那个人年纪比他还小两岁，却被分到老弱病残小分队里晒太阳去了。而队列里那几个头发花白的犯人，依然每天听着口令左转右转。

不知从什么时候开始，“拼爹拼钱”的社会风气竟然吹到这块封闭的空间里了。

满意哥的农民老父亲已经躺在荒冢里，是指望不上了，但好歹他有钱可拼！很快，他通过亲属会见，暗示家里人帮他去托人找关系。不久，他就结束了在严管队的特控生涯，被分到八监区去参加正常改造了。

八监区是服装监区，满意哥负责在库房拉衣料和送成品。普通犯人进了服装监区就是踩缝纫机，一天劳动12个小时，连上厕所都要受到严格的限制，每天过着“两头黑”的日子（出工的时候天还没亮，收工的时候天已经黑了）。而库房里的工作无非就是费点儿体力，一天到晚空闲时间很多，乏了、累了可以倒头就睡。

不过，满意哥并不满意。他嫌服装监区粉尘太大，又托人找关系，把自己调到了出监监区站夜岗。

站夜岗的主要任务就是防止犯人们在夜间睡觉的时候自伤自残或是打架斗殴。但实际上，犯人该打架的还是照打，该割腕上吊的还是会藏刀片找绳子，该睡觉的还是会踏踏实实睡觉……犯人们死了伤了，和满意哥没有一点儿关系。他白天躺着睡觉，晚上坐着睡觉，令其他犯人们羡慕不已。

4

我那时候已经改造三年了，一眼就知道满意哥是个大人物，其他犯人也很快就知道了他是大哥的身份。于是，所有的犯人都脑筋活络地想攀结。他去浴室洗个澡，就有犯人来给他擦背；他吃完饭，就有犯人争着去洗碗；看电视最佳的位置，也总有机灵的犯人抢先给他霸占……然而，满意哥并不接受这些凑上来的示好。他洗澡自己搓背，饭碗自己刷，电视也不爱看。他很高傲，看不起监舍里那些小混混和小毛贼，更听不惯年轻的混混们拿吸毒当谈资。

有一次，一个犯人想要拜他做大哥，满意哥问他拳脚如何，这个人脱下衣服，露出满背蚂蟥一般的刀疤，拍着胸脯说："实战经验丰富！"

满意哥哼了一声："你是被人家按倒往死里砍的，能捡条命就去烧高香吧，还显摆什么东西！"

那时候的满意哥已经不好斗了，他更欣赏"有脑子"的人。

我也想攀高枝，希望有朝一日刑满，能跟在他后面混出个名堂。

当时，我在出监监区是骨干犯，平常会帮狱警分担一些管理犯人的工作，在监狱里的活动空间也比普通犯人大得多。每天，我都会出没于监狱的文教楼，能接触到图书室里的书籍画刊。

犯人们精神生活格外匮乏，所以，我常常会把那些杂志上裸露的美女图片撕下来，去和那些有需要的犯人们交换我想要的东西，比如面条。

监狱里 20 个监区会轮流每个礼拜吃一次面条，所以，伙房里天天都会煮。徐州人爱吃面食，恰巧我又负责每天去伙房取饭，于是，我就常用收集的图片和伙房的犯人换面条，满意哥隔三岔五就能吃到面条。

我还常常帮他写信，虽然更多的信都是寄给他的小老婆，但他也不避讳。

久而久之，我们关系瓷实了，成了好朋友。

他刑满那天，把自己家里的电话号码写在卫生纸上，递到我手里，悄悄地说："全监区，我的真实号码只有你一个人知道，千万不要传给其他犯人。"

5

2015年8月3日，距离满意哥刑满释放那天已经有小一年了。监狱那扇厚重的大铁门在我面前缓缓地打开，我呼吸紧张，心跳加速，只觉得门开得太慢了，就像过了整整一个世纪。

我出狱后的第三天，就在满意哥的盛邀之下到徐州游玩。在车站汹涌的人流之中，我看见他精神抖擞地朝我走来。

坐在满意哥的车里，我们对那段共同的牢狱生活一通回忆与抱怨，又不约而同地感慨时光。车子开到云龙山，我们吃过午饭，走到了山门口的停车场。

满意哥的车子停得有问题，和他人争执了起来，“咋呼什么！开走不就得了！”面对众人的指责，满意哥喉咙一高，原本喋喋不休的人群一下子都哑然了。

回去的路上，我们有一搭没一搭地聊天，我试探性地问他：“菜市场的情况怎么样了？”

“菜市场还有什么情况？卖菜买菜呗！”

其实，我希望他拍着胸脯对我说：“很好，你就留下来跟我混吧！”

我不死心，接着问：“菜市场的那些干股都不要啦？”

“想要没有喽！”从他那拖长的尾音里，我听出了老态，也感受到自己呼吸节奏里透出的失落。

他岔开话题，告诉我说要顺道去接一下他的姐姐，车子停在了徐州市二院的门口，上来一个头发灰白的妇人，手里拎着一个洗得发白的布袋子。

“弟！这些天来医院，医生对我说的话，我还是听不明白。”

“你费这神干啥！你就是肝上有点儿病，养养就好。”

满意哥把他姐送到了家里，并没有逗留，回到车内，我分不清自己是好奇还是故作关心，问他：“你姐得了什么病？”

“肝癌！”车子一启动，他又补充道，“晚期！”

我噤声不语，满意哥却滔滔不绝地说开了。原来他塞了8000块红包给医生，让医生瞒住病情，平日里装作给她尽力治疗。

“我姐姐一生孤苦，性情尤为悲观，要是得知了病情，说不定第二天就会死，瞒住也能多活几天！”

听他把一段话说完，车子就开进了他家所在的小区，停好车子，他凑过来悄悄问我：“是先去你大嫂子那儿？还是二嫂子那儿？”

满意哥有个小老婆的事我早就知道，只是我没有想到，他如此有“能耐”，居然敢把两个女人安置在同一个小区里。

我又犯了好奇的毛病，笑着说道：“先拜见二嫂。”

开门的女人相貌平平，身段不错，常皱着的眉头透露着30多岁的女人不得正名的怨愁与苦恼。

进了屋子，一个老人带着一个男孩在客厅里看动画片，老人是二嫂的母亲，男孩还不到10岁，没人招呼我们，满意哥让我随便坐。他走过去摸了摸男孩的头，可男孩的眼神里畏惧而又陌生。

二嫂在屋里自己制作比萨和蛋糕，每天接几个外卖单子卖，除了烤箱里渐熟的比萨香味，整个屋子里全无热闹和生气，充满了古怪和凌乱。孩子、老人不安心地看电视，总用奇怪的眼神偷偷地打量我，满意哥在厨房里对二嫂说着什么，又似乎什么也没说。我感到别扭又拘谨。

结束了对二嫂的拜访，没走几步就到了大嫂的家里，大嫂热情豪爽，浑身透着一股广场舞大妈铆足脚力后的气质与活泼，她一边和我聊天，一边忙着炒菜，时不时还说几句场面上的客套话："满意出来后，和我老念叨你这个小弟，说你们在里面一个鸡蛋掰成两半分着吃！"

二嫂的清冷寡淡和大嫂的过分热情，我都吃不消，看见满意哥偌大的屋子里有一间紧闭着的房门，我探着脑袋准备去好奇地张望一下。

满意哥赶紧过来拉住了我，小声地说："我儿子李明，他要清静，不能打扰，不然要发火的！"

曾让犯人们畏惧的满意哥，竟然怕儿子发火？我觉得有点儿不可思议。

饭菜已经摆满了客厅的桌子，满意哥招呼我吃菜，大家都开动了，我问道："李明，不出来吃饭吗？"

"甭管他！熊孩子！我回来一年多，他都没出过那个门，待会儿他妈给他送点儿进去！"

结束了这顿丰盛的晚餐，满意哥送我去酒店。在车上，不知他是自言自语还是在问我：“人活着图个啥？”

我不明白，也不在意这个过于深奥的问题。满意哥真诚而热情的招待，也并没有让我觉得开心。

到了酒店，满意哥和我说了次日的游玩计划与安排，他刚说完，我就撒了个谎：“老哥，那个，明天我有点儿急事就先回去了，改天再过来玩个痛快。”

“这是咋啦！不是说好玩几天的吗？这才玩了半天，就走啦？”

他性情豪迈，察觉不出其中的细微变化。在狱里，我觉得他什么事都罩得住，只要一出狱，就会像猛虎下山，蛟龙入海，原有的威严和一切都会在顷刻之间回来。

可当我真正接触到满意哥的生活之后，我发现除了他的脾气和胸肌没有退化之外，已经变得什么事情都罩不住了。

他不再是我出狱后可以倚仗的大哥了，已经变成了一个为了几个家庭琐碎事务而奔波来回的老男人，和那千千万万的普通中老年男人一样了。

2

无『义』不江湖

1

在将近七年的囚禁生活中，我结识了不少出狱后依旧愿意相互交往的犯人。刑满出狱的时候，我在纸上记录了几十个狱友的电话号码，可把这些号码带出去，是件麻烦事。

把它们全背下来，我毫无自信，同监舍的犯人出了个不错的主意：以腿疼为由找狱医领几块狗皮膏药，把号码全部抄在膏药内侧，出狱检查的时候，没人会想到撕下它们。

于是，出狱时，我一个膝盖上贴着膏药，几十个号码因此得以存储下来。

回家的当晚，我便开始“挑选”这些号码，因为它们的主人有的已经刑满很久，有的还在服刑。我尝试联系那些已经刑满的狱友，电话几乎都打通了，但大部分并非本人接听，电话另一头传来的，往往是家属不耐烦的回答：“不在家！不在家！”

这种语气足以令我预感到，大部分先于我刑满的狱友，又回炉修炼去了。所有的号码打完，可以见面相聚的狱友并不多，韩盛是其中之一。

我和韩盛先用手机互加微信，又视频聊了一次。他胖了，几乎是狱中的两倍，视频里他正躺在床上，床头挂着他和妻子的结婚照。

“去你的，小日子过得很滋润嘛。这个点，还在床上挺尸（睡觉）啊！”

“老子窝在床上半年了，你看。”他把摄像头移到床尾，亚麻色的床垫上躺着两条被石膏固定着的大腿，电视机前的深棕色地板上还放置着一个金属的便盆。

“这是什么情况？弄成这副造型了。”

“车祸。”

……

得知韩盛遭遇了车祸，我想找个日子去看看他。8月底，我决定去海安和他一聚，在无聊的路途中，狱中的往事便浮现在眼前……

2

我在出监监区的321监舍当组长的时候，韩盛是第四批出监学员。他因聚众斗殴获刑三年，狱中服刑期间又被查出了一起寻衅滋事的余罪，被加刑一年，调到出监监区时，余刑已经不足两个月。

韩盛比我大三岁，老家在南通海安，在县城，他跟着当地的一个叫“大狗”的黑老大混社会。大狗在海安有两三个地下赌场，韩盛平常就往返看看赌场，顺便在场子里放点儿水钱（给输钱的人提供高利贷）。

有一次，大狗约了几个老板和社会大佬聚赌，其中一个前辈输了60万元。牌局已经打了一整个通宵，前辈输了钱，不许散场，他强求所有人等着他回家取钱来翻本。大狗为了照顾场面，借了20万元给前辈，说无论输赢，再赌一圈后各自散场。

前辈的20万元很快就输光了，大狗说不收这水钱的利息，欠款让韩盛一个月后去取。前辈悻悻而归。一个月后，韩盛去取钱，前辈却赖账不还，他还放话：“老子在社会上混了十几年，别的不会，就学会了怎么打讨债鬼。”

为了帮老大要回这笔钱，韩盛带了七个人和前辈喊来的二十几个人约战。一直到案发，大狗还一直被蒙在鼓里。

虽然韩盛处理事情冲动鲁莽，但大狗看中了

他的义气，四处帮其打点，即使他造成了对方 1 人重伤 3 人轻伤的严重后果，最后也只被判了三年有期徒刑。

入狱之后，大狗每个月给韩盛上账 5000 元，后来监狱规定上账不得超过 2000 元，大狗便把每月余下的 3000 元往韩盛家里送，从未间断。

我在出监监区和韩盛同处的一个多月里，他数次提到老大对他的关照，以及表现出出狱之后迫不及待的报恩冲动。

无论是混社会的资历，还是他身体上那些赫赫的战疤，都令我折服，他不断宣扬的饱含江湖之气的“义”字，也总令我频频点头。当然，我更羡慕他跟对了大哥的那份幸运。

3

南京到海安，大概 4 个小时的车程，昏昏沉沉的睡意迅速淹没了回忆。

到达海安县城之后，我买了果篮、啤酒和香烟，准备打的前往韩盛的住所，但韩盛执意叫他父亲来迎我，理由是“我住得离车站很近”。

我站在车站门口等韩盛的父亲来，不到10分钟，一个枯瘦的小老头冲我招手，他骑着一辆老旧的女式电动车。

韩盛的住所是一幢自建的洋楼，我们抵达的时候，他母亲正推着一辆装满了豆腐的三轮车准备出院子。她并没有因为我来探望韩盛而做出任何欢迎的举动，只是警觉地上下打量了我一番，而后就骑着三轮车迅速驶出院子。

院子里蹲着一条黑狗，夹着尾巴胆怯地冲我低吠，一个约莫9岁的男孩从厨房里跑出来把它唤到身边，我顿时又看到了一双怀有不安和敌意的眼睛。

“韩盛是你什么人？他在哪儿啊？”我问男孩，他没有做出任何应答，指着二楼一间刷了绿漆的木门，黑亮亮的瞳孔微弱地冲我闪光。

韩盛听见了楼下的声响，在屋里召唤我：“龙虾，来啦？快到楼上来，我下不了床。”

我顺着堆积着农具和酒瓶的楼梯跑上二楼，推开虚掩着的木门，顿时一阵浓烈的尿骚味窜进了鼻腔。床头边一个未及倒掉的便盆，在 8 月末的午后光线里格外刺眼。

韩盛试图从凉席上坐起身来，我放下手中的物品，到床边去搀扶他。把他扶起来之后，我注意到他床头的婚纱照崭新而又时髦。

一番寒暄过后，我便带着疑惑问他："你和嫂子新拍的结婚照啊？以前你给我看过的照片，不太像她呀。"

"换了，出事的时候，之前的那个早把孩子丢下跑了。"

"那新嫂子呢，在家吗？我见见呀。"

"一个月前，给我擦身体的时候发牢骚，我打了她两个耳光，她就回娘家去了。"

4

韩盛出狱之后，大狗把手底下最大的地下赌场交给他负责，那个赌场是和本地一个姓黄的老板合开的，地点在一家酒店的 6 个棋牌包间内。每月 15

日之前，赌场的夜场归韩盛，15 日之后夜场归黄某。

刚开始两年，大家一直和气生财，韩盛不仅给大狗赚了近 600 万元，还把自家原本破败的小平房修成了洋楼，购置了一辆 20 万的轿车，结婚的时候，他给了妻子家 18 万元的彩礼，办了 30 桌的酒宴……在大狗的提携之下，出狱之后的韩盛在海安县城混得风生水起。

2014 年大年初五迎财神，大狗和合伙人黄老板召集弟兄们祭香请愿之后，去 KTV 欢歌纵情。

大狗和黄老板喝醉酒后，因为每月夜场交接时间延误的小问题，发生了一次激烈的争吵，两拨小弟还在 KTV 的包间里互扔啤酒瓶示威。

其间，有两拨客人敲门抗议他们的吵闹，被他们拖进包间里暴打，一名客人的脸颊被玻璃碎片扎通，伤口缝合了十针，已构成轻伤的立案标准。

大狗为了平事，前后打点花了几十万元，而黄老板却装傻充愣，一毛不拔，两人的矛盾由此升级恶化。

2014 年 3 月 1 日，黄某轮到了白场，白天聚赌的人一般不多，但那天 6 个包间全满了，到了晚上 9

点交夜场的时候，一个包间都空不出来。韩盛约来的十几个人等了一个小时之后，另找场地去了，韩盛把黄老板的行为告诉了大狗。

大狗给了他 10 万块钱，让他找外地人来冲（黑话，砸场子的意思）黄老板的场子，他准备把白场、夜场全盘接手。

韩盛从安徽调来 10 个社会闲杂人员，每人发了 1 万块钱、一把开刃的马来砍刀和面罩头套，让他们去砸黄老板的场子。他自己则带着两个本地的混混坐在车子里等着接应他们。

可黄老板早在大狗的身边安排了自己人，找外地人砸场子的事，他也提前得知，当天晚上，他在六个包间里布置了几十个提着关公刀的小弟，就等着冲场子的人自投罗网。

眼看事情不妙，韩盛准备驾车逃跑，还没出酒店停车场，就被十几个提着钢管的社会人员围住，他们砸烂车窗，迅速把韩盛从车内拖了出来……

5

韩盛双腿上绑着沉重的石膏，并不是因为车祸。

“十几根钢管只敲老子的小腿，膝盖和胫骨全碎了。”他的小腿里打了很多钢钉和钢板，就算康复，仍需要辅助拄拐才能短暂地保持站立。

在海安的社会圈子里，黄老板成了最大的赢家，他叫人敲断韩盛的腿就是明摆着让大狗出丑难堪。这件事情也让大狗的社会威望降至冰点。没过多久，他便以中标深圳某工地工程为借口，逃离了海安县城。

韩盛躺在床上小半年，除了几个熟络的亲戚来看过他，社会上那群曾经称兄道弟的哥们儿皆露出了狐朋狗友的本质。而到了这个时候，他才明白自己一直信奉的那个江湖“义”字，在腿骨碎裂的那一刹那，就已经变成了一个虚无缥缈的、可笑的东西。

不仅如此，他发现自己花重金请媒人赤绳系足而来的婚姻，同样也经不起考验。向来在他面前温软柔和的妻子，开始喋喋不休地抱怨和发牢骚，言语里充满了隐含着的某种威胁。

韩盛明白，不安的妻子只是为了在这次危机之中试图掌控他所有的财产，以求得自保。他把30万元存款和名下的汽车都给了妻子，可平生之中唯一的一次妥协并没有换来妻子同甘共苦的决心，她还是表现出无休止的埋怨，以及对他残废身体的厌恶。

韩盛忍无可忍给了妻子两个耳光之后，这栋前不久还充满了喜庆和排场的洋楼彻底冷清了下来。

“以前，儿子养的那条黑狗，我睡觉的时候从来没注意过它有叫夜的毛病，现在整夜整夜数着它的叫声睡觉，有时候，这狗能吠上一夜，我睁着眼睛也过了一夜。”

因为韩盛把存款和车都给了妻子，他的父母开始了夜以继日的劳动，试图给儿子换取一些未来的保障，而韩盛8岁的儿子也已经懂得如何给失眠的父亲擦洗身体、倾倒便盆。

我们的聊天在暮色来临之时停止，房间里安静了下来。

我和他其实都清楚，我来探望他的本意，不是因为彼此有多么深厚的狱友之情，只是我试图在这个对我而言全新和空白的社会里，搭建一些有价值的人脉。

而此刻的韩盛，显然不是我想要结交的人，虽然我十分同情他的遭遇，但依然想要尽快离开那个充满臭味的屋子。在给一个身负残疾的狱友留下一些虚假的宽慰和祝福之后，我迅速想要结束和他的所有联系。

“老哥，什么都不要想了，好好养伤，我改日再来看你。”

“我现在什么都不想，真的兄弟，骗你狗日的。等我拄着拐杖能下地，我去找老逼养的（黄老板），他要么拿钱养我下半辈子，要么两家一起吃官司……”

“这些不谈了，先养伤要紧。我来看你，什么也没带，这点钱给你买点儿水果。”我掏了 1000 块钱准备塞在他的枕头底下，他强烈拒绝。

下楼走到院子里，天已经暗了下来，远处县城里的路灯早就亮了，我看见韩盛的儿子趴在凳子上写作业，就朝他走了过去。

蹲在小孩边上的黑狗警觉地绕过来，嗅了嗅我的裤管，我把 1000 块钱放在孩子的课本上，转身离开了这个已被暮色吞噬了的院落。

今年春节期间，我给韩盛发了几段微信语音，他没有回复，我又试着拨打他的手机号码，手机里传出停机的提示音。

而他当年在狱中留给我的座机号码，我并没有拨打，我担心电话里传出他父母不耐烦的回答：“不在家！不在家！”

那时，我将不知该如何应对。

3

最后的赌局

今年3月中旬，雨后的一个春夜，晚风裹着冬天凛冽的尾巴和春天的温热。我兀自躺在床上发呆，朋友圈一个好友忽然给我点了个赞，是好久没联络的狱友卢杰。

“干吗？这么晚还不睡？有节目啊。”我没话找话。

“哪来什么节目啊。最近心情不好，输钱了。”

“这么失落，肯定超过六位数了吧？”

“七位数。”

“100多万啊？”

“400多万。”

……

1

2016年8月，我成为“网易人间”的作者，大半年中陆续收到的稿费终于令我钱包里偶尔有了余钱。

从刚出狱时把亲戚口中的“苹果”仅当作水果，到我第一次用自己挣来的钱买了个苹果7，用了整整一年。

在此四年前，我并没有设想过，自己有朝一日可以通过写作挣到钱。那时，我尚被囚禁在高墙之内，和所有囚犯一样，总是幻想着出狱之后找到一条迅速致富的道路来补偿自己。

类似的想法，在年轻囚犯身上表现得更为强烈。

卢杰和我就是其中的典型。

那时我们刚刚20出头，在出监监区相识。我们经常聚在监区的楼梯口练习俯卧撑，讨论的所有赚钱方式都离不开“混社会”这三个字。显然，如果以此为出路，拥有强健的体魄尤为重要。

在2012年年底，卢杰呈报假释，不久之后就会出狱。一天，我们一同做足了300个俯卧撑，胸肌充血肿胀，像一对发怒的猩猩。休息的间隙，我喘着粗气问他：“兄弟，马上出去了，到场子里混吗？”

“对，到场子里面混混。”他用手指测试自己胸部的硬度，漫不经心地应答着。

“一天能混多少钱？”

“放点儿水钱，一天1000块不成问题。只要耐住不赌。”

“假释期要当心点儿。走时候留个电话号码，我回去以后去你场子看看，没别的门路来钱，我就在你那儿混。”

“一句话的事情。你安心服刑，等我混好了带带你。”

这样的场景和对话反复发生，尤其是在卢杰临近刑满的时候，我和他确认一遍，他对我再承诺一遍。对前途迷茫和畏怯的我们，乐此不疲地重复着这些话。

卢杰刑满释放的前一天，我拿出所有私藏的食品，吃完那顿尽我所能丰盛的晚餐，我们去了监区的盥洗间。卢杰亲手砸碎了自己的饭碗，那个白色的塑料碗碎成四瓣，洗碗的犯人们纷纷躲让，目光之中全是羡慕。

“砸饭碗”这个刑满前的狱内习俗向来备受期待，把最后一顿牢饭吃完，用力地将碗摔碎，在那一刹那，谁都有种死都不再入狱的决心。

第二天临走前，卢杰赠送我一些生活用品，里面有个塑料水杯，我叫他带出去。因为“杯子”

的谐音是“一辈子”，意为出去一辈子，永远不再进来。

穿上新衣的卢杰摇手拒绝，冲我喊道：“兄弟不要烦了！出来找我。”

他离去的背影潇洒而又傲慢，飞速地消失在了走廊的尽头。

我想起三年前，2009年夏季的一天，一众名号响亮的社会人员聚集在扬州江都的惠民东楼。因为债务纠纷，两帮人相约“协商解决”。那个午夜，卢杰就躲在街巷的路灯下，烟雾在昏暗的灯光中缭绕。他和另外四个混混抽完了整整两包香烟，仍在焦急地等待着楼上这场漫长的谈判发出战斗的信号。

忽然，惠民东楼临窗的桌子被掀翻了，卢杰和四个混混迅速跑到汽车的后备厢取了自制的关公刀，跑上了楼。

一片砍打之后，对方求饶，跪在卢杰的老大哥面前，在本息俱还的欠条上摁下了血色的指纹。因对方有三人被砍伤，在医院就诊的时候，医生报了警。卢杰作为主犯之一，被判处4年有期徒刑。在狱中实际服刑2年8个月之后，他取得假释1年4个月的裁定，提前走出了监狱。

我趴在监舍的门窗上，手里拿着他赠予的物品，想象着他的背景，不舍和羡慕的情绪不断交替。

2

也就在几天前，我去扬州东关街，突然想起了刚刚建立联系的卢杰。电话打过去相约一聚。下午两点，卢杰叫我去流泉水会 3 楼的房间里找他，电话里他哈欠连天，大概又是一夜无眠。

来到房间，卢杰小弟开的门。里面乌烟瘴气，玻璃制的烟灰缸里挤满了湿漉漉的烟头，浴场小姐的工具箱仍旧放在床头，显然刚刚离去不久。卢杰躺在一张床上打鼾，小弟问我要不要叫醒他，我摇手拒绝后叮嘱他："他醒了之后，就说我住在对面的酒店，约他吃晚饭聊天。"

6 点之后，我站在酒店的 11 楼，夕阳开始晕散出黑暗之前的最后一缕红芒。玻璃桌面上手机震动起来。卢杰已经在酒店楼下等我，在电话里说请我去吃龙虾。

等我下楼，打眼就看见酒店的旋转门口停着一辆白色的宝马车。上车后，卢杰发给我一根金色的黄金叶香烟，还没抽完，他又侧身去拿了两包烟扔过来。事后我才知道这烟要 100 元一包。

“龙龙，等我去收笔账，一会儿工夫就带你去吃饭。”他跟我说。

卢杰的小弟把车子驶进一条偏僻的水泥路上，拐角处正好停着一辆交警车，小弟有些紧张。

“不会追过来吧？”

“不要慌，正常开。交警不可能开车来追你的。”

卢杰和小弟对话后，我才知道这辆宝马车一直都在无牌使用。

在农郊的一处楼房前，车子停了下来。卢杰再次递给我一支烟，我们聊了一些狱内往事后，一个矮胖的年轻男子上了车，和我并排坐在后座，脸色沮丧。

车子再次开动，驶出去不足 1 公里，在一个建设银行的自助取款点停了下来。胖子打开车门去取钱，卢杰主动找我继续刚才的话题。

几分钟后，胖子取了两万块钱从车窗处递给卢杰。上车后，卢杰递给他一张还款条。胖子坐在我的身边，仍旧垂头丧气。

“杰哥，于明放话要带人到我家来挑事了，下个星期的钱你这边缓缓，我先还给于明。”

“于明你怕什么？他要是真找来了，你打电话给我。你先把我这边的债还清了，利息我先不和你算，把本金先还了，懂不懂？”

车子再次停在刚才的楼房处，胖子下车离开后，我问卢杰：“你放了多少钱给这胖子？”

“十几万。利息一天2000块，现在这家伙输了100多万，钱炸棚了（一下子还不上），我先把本钱要回来，利息以后跟他慢慢算。催这种人的债就要慢慢哄，因为他狗日的确实一下子弄不来钱，你跟他来狠的，还要倒贴医药费。”

一会儿工夫，车子已从农郊驶入了城中心，在一家龙虾店门口停了下来。喝酒时，卢杰劝我：“兄弟，今天我们少喝一点儿，要不然，晚上的节目玩不起来。”

“节目真玩不了，我最近虚，你倒不如带我去里边转转去。”

“那这样吧，我们去唱会儿歌，到 10 点我带你去个小场子。最近我输得多，只能去小场子。”

3

去赌场的路上，车子先去了卢杰的家中。他嫌包里的 2 万块钱太少，回家又拿了 5 万现金。

“最近输得太多，玩点儿小钱。小场子一晚上输赢 30 多万，大场子每天都有人输 100 多万。”

卢杰又一次对我解释，即将去的只是个“小场子”，我明白他反复表现出对几万输赢的轻微不屑，大概是为了向我证明他“混社会”已经到了一定的层次，毕竟没有哪个小混混可以有 400 万去输掉。

车子在郊区一处乡村的楼房边停了下来。卢杰打了个电话，说：“到了，开门。”

周围很黑，除了车灯和楼房的窗户底下有些昏黄的油菜花之外，一切的景色都淹没在伸手不见五指的天色里。没过多久，院子里走出来两个彪形大汉，打开院子的铁门，迎我们进了楼内。穿过5米深的院落，我看见一楼的大厅里灯火通明，三十几个人围着一张圆形的桌子玩，喧嚣如同白昼。

进了屋子，所有人都认识卢杰，他们喊着要给卢杰让座。

我看见坐在桌面上七八个男人面前各自堆了几万元现金，分成一千一沓摞在面前。后面围着一群人，他们手上拿着几千元现金，见机下注，其中还有三四个女人。

一个矮胖的中年男子坐庄结束，轮到下一个人坐庄。站在板凳上看场面的赌场小弟高声喊道："庄家后面不要站人。"于是，下一个庄家后面的人群迅速分散。

卢杰上了桌，从包里拿了5万元现金放在面前。他没时间把钱分成一千一沓，每次押注就在1万元一沓的钱上面折叠三四张，表示押了三四千。

我站在卢杰的背后看，一轮牌九推完，新的庄家就输了近10万元。

轮到卢杰坐庄，他状态很放松，一个庄赢了3万元，然后顺手给了我1000块喜钱——这个钱我无法拒绝，是怕触了他的霉头。

玩了一个多小时后，因为某人押在台面上的筹码被人乘乱拿走了，场面开始混乱起来。卢杰觉得扫兴，起身准备离开，赌场的主人当即出来送行。

车子颠簸在乡间的小路上，我有些困倦，在舒适的座椅上哈欠连天。卢杰给我递来香烟，对我说："兄弟，你什么时候出来的？"

"2015 年 8 月。"

"哦，你出来的时候，我两趟官司都吃完了。"

"啊？因为什么事？"

"2012 年假释出来不到半年，因为酒驾被交警拦下，我一气之下把交警顶了 200 多米。假释被收回，还被判了几个月，2014 年才出来。那时候应该听你的，把那个杯子带出来。"

"没事了，现在你稳一点儿，不会再进去了。"

"兄弟你不懂，有些事被套住了出不来的。我准备自己搞个场子。"

"那可是要重新回炉的。"

此番谈话让我们彼此都陷入了沉默，或许是在卢杰看似不羁的生活表象之下，有了忧虑的疲倦感。

4

车子驶到我入住的酒店门口，卢杰约我次日游玩，我婉拒了。

我和他挥手告别，宝马车随即发动，在干净而又空旷的街面上消失了。坐在车内的卢杰，背影同样潇洒，可在深夜的小城似乎又显得有些凄凉。

我回到南京的第二天，卢杰微信给我发来消息和定位：“我在澳门，如果我赢回那 400 万元，一生不赌。”

在对此嗤之以鼻过后，可笑的江湖道义引发的愧疚感又让我觉得，自己不得不祝福卢杰，祝福他，在澳门完成人生的最后一次赌局。

4

被自己父亲打死

前　言

5 月 28 日的夜晚很是凉爽，我和朋友去美食街游玩。坐在出租车上，微信群里忽然发来一则消息：宋军峰被他爸给打死了。

宋军峰是我曾经的狱友。

1

服刑期间，因为改造岗位的便利，我常常可以弄到一些报纸和杂志。二进宫犯宋军峰喜欢找我借阅汽车类的杂志，为了和我套近乎，体格瘦长的他总是把眼睛笑成一条缝，亲切地喊我“龙哥”。

有一次，我借给他的杂志上印着一辆科迈罗大黄蜂，他还书的时候兴奋地告诉我：这车我十几岁时就开过。

那时，我只把他的话当作吹牛。

5月28日晚上10点，我在狱友微信群中看到了关于宋军峰死亡的新闻，视频中提到他第一次犯的事：当时，还在南方打工的宋军峰，伙同两名工友拦路抢劫，把受害人的车子抢走行驶了一段，车子被他开了个底朝天。

我这才知道，宋军峰当时和我说的话并不是吹牛。

然而，更令我震惊的是宋军峰的死亡方式——他是被父亲用铁锹砸死的，而整个事件的导火索，也是因车而起。

2014年，宋军峰带着两个朋友，闯入沛县一家宾馆的房间。房间里一名妙龄女子和一名三十几岁的男子。宋军峰将男子痛殴一番，以被戴了绿帽子为由，向其索要3万元作为精神赔偿。

依靠“仙人跳”去挣大钱，是宋军峰在2009年第一次服刑时总结出的“今后要干点儿动脑子的事了”。然而，这次错误的经验总结还是让他因为敲诈勒索罪获刑2年。

2016年，宋军峰结束了两年的“二进宫”服刑生活，回到家乡沛县。

第二次服刑出狱之后，宋军峰的家人给他说了一门亲事，还装修了新房，希望成家之后的他成熟些。宋军峰要求父亲再给他买一辆汽车，父亲一开始以他没有驾照为由，没同意。宋军峰便把家中新房的玻璃全部砸碎了泄愤，还动手打自己的母亲，最终，父亲花了 8 万元为其购买了一辆别克汽车。

2023 年 5 月，宋军峰开车在县城的路上撞了人，伤者的家属上门索赔，宋军峰提着菜刀把人赶跑了。

在上海打工的父亲闻讯后赶至家中，为其料理此事。父子二人见面之后就吵了起来，最后，他们将大门锁死，直接在院子里动起手来。几分钟后，宋军峰的三舅撞开院门，发现宋军峰的父亲瘫坐在院墙边掩面而泣，而宋军峰倒在血泊之中早已死亡，一把生锈的铁锹斜靠在他身上。

沛县的当地新闻报道了整个事件，报道刚刚发出不久，就被人转发到了狱友群里。

新闻中描述的宋军峰暴躁专横，刑满之后常常因为琐事殴打其母亲、奶奶、三叔等亲属，让我很难与他在狱中瘦弱的身影联系上。

向来沉寂的狱友群顷刻间沸腾起来，大多数人都发出了鼓掌庆祝的表情，还有人转发了朋友圈并附上“死有余辜”之类的评论……

对待一个已死的狱友，群友们激烈的言辞更令我感觉诧异。

究竟是什么样的过往，会让一个人背上“至死都无法被谅解”的恶名呢？

于是，我找到宋军峰曾经的4名狱友，其中有狱中劳动生产线的线长张杰、与其同监舍的狱友曹松、他的同改（一同在监狱接受改造的人）梁海涛和徐鑫。

他们向我讲述了一些与宋军峰在狱中相处的经历。

2

张杰，2010年因盗窃摩托车被判刑11年，因在狱中先后三次立功获得减刑奖励，于2017年1月被提前释放。在狱中，张杰一直担任服装某监区6组的线长，宋军峰在他负责的流水线上劳动改造过一段时间。

2015年4月某天，监区收押了一批短刑犯，生产线组长们站在门口等着领人。大厅里听警官对新犯们的入监训话，说了几句后，警官问："你们哪些是二进宫的啊？举手！"

四五个短刑犯迅速举起了手，警官开始针对他们重点训话："你们几个二进宫的犯人给我听好了，不要给我耍手段，不要自以为坐过牢，对劳改队很了解就干傻事！我丑话讲在前头，只要你们和线长发生冲突，我不管谁对谁错，第一个先处理你们，而且从重从严处理……"

警官训话完毕，开始给各个线长分配新犯。线长们谁也不愿意分到那几个二进宫的老油子。

张杰在漫长的牢狱生活中养成了"狗娘养的"这个口头禅。那天警官分配完新犯之后，他连说了两句，因为警官分配到6组的新犯正是一个"二进宫"的老油子——宋军峰。

宋军峰第一次服刑是因为抢劫，在首次服刑期间，也掌握了较为熟练的缝纫机技术。虽然宋军峰在从事劳务加工方面有优势，但是具备一定改造经验的他明白：短刑犯干活再厉害，也很难获得减刑的机会。因此，他向张杰提出安排一个轻松的岗位，不要求拿高分（罪犯依靠劳动表现获得奖励分，依分减刑），只要每月能有 4 分保住他升到普管处遇即可（狱内处遇分为严管、普管、宽管三个档次）。

张杰一眼就看出宋军峰是那种不好惹的角色，便让他去给牛仔裤钉标，这是一个相对轻松的岗位。

三个月之后，宋军峰因累积获得的奖励分低于 12 分，升级普管处遇的名单里没有他，因此，他开始在自己的机位上罢工。大批牛仔裤因为未及钉标，严重影响了流水线的生产进度，张杰过去找他质问原因。

“宋军峰，你干吗趴在机位上睡觉？有病你就去找狱医开假条，不要影响了生产。”

“你才有病。”

宋军峰从机位上爬起身来，伸手就给了张杰一耳光，两人瞬间扭打成一团。警方对于此事的处理结果是：宋军峰禁闭 15 天，张杰调离线长岗位。

至今，张杰仍对此事耿耿于怀。“他就是好日子过多了，第一次坐牢敢这样？就是因为第一次坐牢被打皮（麻木）了，才如此肆无忌惮。”

3

曹松，2013年因为贩卖毒品罪被判处4年有期徒刑，狱中服刑期间获得一次减刑，于2016年3月刑满释放。他和宋军峰同在一个监舍，一开始，两人还算相互照应，后来却因为一些琐事闹掰。

宋军峰被分配到319监舍，因为他有性病，洗澡时没人愿意借肥皂给他，更没有人愿意把毛巾和他的晾在一处。在宋军峰受到全监舍犯人孤立的时候，他的徐州老乡曹松伸出了援手，那时候，宋军峰一直视曹松为大哥。

两个月之后，监狱调来一个徐州籍涉黑犯叫坤鹏，在监狱混得很有地位。坤鹏在狱外和宋军峰的姑父相识，于是，他对宋军峰很是关照。狱中地位提高后，宋军峰在监舍里开始目中无人起来，也渐渐不把曹松当回事了。

2015年7月，监狱全面禁烟，但监区里有个骨干犯弄到了一整条红南京，骨干犯想巴结坤鹏，就委托宋军峰把烟送给坤鹏。宋军峰在转送的过程中私自扣下四包香烟，这件事后来被坤鹏得知，当众狠狠教训了他一顿。

在监区已经有了一定地位的宋军峰被当众羞辱后下不来台，憋了一肚子火，但他又不敢和坤鹏顶嘴，就找曹松去发牢骚。曹松也已经开始看不惯宋军峰，教训了他一通："你个小孩做事不上路子还嘴犟。"

没想到，宋军峰就为这一句话当即翻了脸，还和曹松发生了推搡。

这件事过后，曹松再也没有搭理过宋军峰，至此完全没有联系。

曹松把宋军峰死亡的视频转发到朋友圈，还评论说："这个狗娘养的，在劳改队我就想揍他了。"

4

梁海涛，2011 年因为盗窃电缆被判刑入狱 5 年，狱中服刑期间获得一次减刑，于 2015 年刑满释放。他和宋军峰同在一条生产线上干活，平日里并不熟悉，只因为调机位，两人发生过打斗。

当时，6组的生产线在年底下线了所有的牛仔裤订单，新的童装棉袄开始上线投入生产。因此，所有犯人的机位都要发生变动。

宋军峰调到了线上靠窗的位置，和梁海涛并排挨在一起。宋军峰怕热，冬季也喜欢开着窗户劳动。梁海涛常被冷风吹得头晕，就咒骂着将窗户关闭，宋军峰咒骂着又将窗户重新打开。

“这么冷的天开窗户，你他妈尖锐湿疣长脑子里啦！”

“窗户是你家的？车间里这么闷，不开点儿窗户透透气？”

……

一番吵骂之后，两个人隔着机位扭打起来，梁海涛一拳把瘦小的宋军峰打倒在流水线传送带上。传送带将他消瘦的身体缓缓往前送去，大家嬉笑着躲让起来，却没有一个人伸手扶他。

“整条生产线的犯人都讨厌宋军峰，这屃货太招人恨。没什么本事，又蛮横无理。他就是在外面想称王称霸也没本事，就会对家里人撒泼。他要不是在家里无法无天，他老头子会恨到用铁锹砸死他？”

梁海涛对我讲述完这场打斗事件之后激动地说道。

5

徐鑫，2013年因为聚众斗殴罪被判刑3年，2016年刑满释放。

在狱内，他和宋军峰并不熟，临近刑满的时候，托人弄来半条香烟，作为刑满前的喜烟发放给几个狱中好友。宋军峰恰巧路过，徐鑫便也没有把他当生人，递给他几根香烟。宋军峰当即表示出狱后找徐鑫去玩，让徐鑫留个联系方式给他。

2016年10月，出狱不久的宋军峰去江苏南通找徐鑫。当天他们在宾馆见面之后，徐鑫安排宋军峰去做足疗，宋军峰不愿去做足疗，开口让徐鑫找个异性。

原本徐鑫和宋军峰在狱中并不熟络，宋军峰的要求令徐鑫有些反感，但是碍于面子，徐鑫还是答应了他的要求。

徐鑫喊来了一个KTV小姐，在宾馆前台叮嘱小姐一番安全措施，小姐进房间无意说了此事，宋军峰当即翻了脸，拿起电话对着徐鑫一顿破口大骂：

“你看不起人啊？我来找你玩是给你面子，你还把自己当回事了，当我是来投奔你的小弟啦？”

宋军峰还没讲完，徐鑫就挂了电话，把他拉进了黑名单……

“这个狗东西说翻脸就翻脸，简直就是一有点儿不高兴就要到处咬人的疯狗。我喊来的都是我认识的人，我肯定要说一下的。这个家伙心理完全变态了，就是觉得全天下人都欠他 500 万，逮谁咬谁。他死了是件好事呀。”徐鑫在电话里这样对我说道。

后 记

结束了所有的采访，我试图了解宋军峰极端性格的念头已被消磨殆尽。我怀疑宋军峰在第一次牢狱经历过后就已经有了一定程度的心理扭曲，而他第一次牢狱的经历我无从得知。

更加可悲的是，他并没有留下一丁点儿可供他人为其辩解的空隙。

所有的采访结束之后，我又仔细地看了一遍《曼婷在现场》这则新闻。视频中所有亲属对宋军峰的指责和狱友们对他的评价如出一辙，他是一个彻彻底底被所有人讨厌的人。

然而，当我再次回头，试图让自己站在一个高度，看待所有人对一个死者的愤恨和谩骂的同时，我对自己最初的悲悯之心产生了动摇，我也开始怀疑宋军峰就是个与生俱来的坏蛋。

“到底有没有至死都难以被谅解的人呢？”

这是我写下这篇混乱的文章最初设定的一个问题，可我依旧没有找到可靠的、足够让我更理解宋军峰的线索。但是，我还是相信任何一个逝去的灵魂都理应得到救赎。

那时关于这个问题所有的困惑，也才能释怀吧。

5

『大佬』出狱

前言

在狱中服刑期间，我结识过很多混社会的人。那时的想法很简单，多认识几个大佬，出去后也多点儿社会上的人脉。孙盛勇就是其中之一。2015 年 10 月孙盛勇出狱，我们在狱外见了面。

“龙虾，我出来了，在哪儿见面？”

“你打车到栖霞医院门口。”

接到孙盛勇的电话是早晨 8 点，我还在咖啡馆包间的沙发上睡觉。那时候我也刚出狱不到两个月，找到了一份照应地下赌场的工作，早晨这个时间，赌客们刚刚散去，我的睡梦也才刚刚开始。

10 月的晨风萧瑟，我抽着烟，慢悠悠地走到栖霞医院门口。就见孙盛勇拎着一个帆布包，理着锅盖头（犯人刑满前一个月可以蓄发），呆愣愣地站在那里等我。

“勇哥，出来啦！”我迎上去，“我靠，都两个月过去啦？”

两个月前，我和孙盛勇约好在狱外相见。在监狱里，孙盛勇是犯人们公认的“黑道大哥”，有幸结识他，我轻易许下了狱外相见的承诺，还留下了家里的电话。

“龙虾，看看找个地方我落下脚。很多年不接触社会，我要先摸摸形势。你以后就跟着我混吧！”

要是搁在几年前孙盛勇对我说这话，我一定会对他满怀知遇之恩。那个时候，我对于他那些辉煌的往事，有一种隐匿的崇拜之感，好像每一个走上弯路的年轻人一样，坏也要坏出点儿名堂。

在我看来，当时的孙盛勇就把“坏”这件事做得很有名堂。

1

1974 年，孙盛勇出生于西安，父母都是菜市场的商贩。他们铁了心想要个儿子，所以孙盛勇上面还有两个姐姐。

当年的菜市场还是个极其混乱的场所，父亲的性格过于软弱，每每与其他商贩发生争执，总是吃亏受气，再把这些无处发泄的怨气统统带回家。好勇斗狠的性格由此便在孙盛勇的成长中深深地埋下了根。

青春期的孙盛勇和一帮不良少年整日练拳玩刀，出没在市区少有的几家卡拉 OK 店里，为一些鸡毛蒜皮的事在夜晚的街道上围殴某个人，或者因为几个并不相识的小姐，自己人掐架。

1992 年的春天，距离成年还差两个月的孙盛勇阑尾炎，被送往医院手术。就在那几天，他的那帮兄弟在回民街将一个卖凉皮的老人围殴致死，康复出院后的孙盛勇一下子孤单了起来。

父亲忧虑于儿子的叛逆，又庆幸蹲牢房的厄运饶过了他，便让无心上学的孙盛勇帮自己去菜市场干活。

在菜市场，孙盛勇的父亲经营的只是普通蔬菜生意，每日收入也属于经营户里的下游。因为菜市场一些高利润的生意一直被那些脾性彪悍的商户垄断，真正赚钱的买卖根本轮不到孙盛勇父亲的头上。

这是令孙盛勇无法忍受的事情。

自此，菜市场每次有品种畅销的产品运进来，他也必定会加入哄抢的人流中。孙盛勇喜欢打斗，也善于打斗，拳头里攥着需要在父亲面前证明自己的力量。

几次打斗之后，好几家商户都吃了孙盛勇的亏，打算联合起来教训一下这个愣头青。

可其他商户们的脾性再强悍，也不过是平常做生意的买卖人。孙盛勇不同，他是个时刻准备依靠战斗去证明自己价值的小混混，总是幻想着打出名堂，而且打起架来从不计后果。

那时候，孙盛勇总是在小腿上绑一把军刺。潜意识里，他也期待着某一天能有用上这把军刺。于是，就在一个普通的下午，准备回家的孙盛勇被四五个商户围堵在巷子里的时候，他兴奋地意识到，小腿上绑的匕首终于要派上用场了。

那天在巷子里，孙盛勇掏出匕首扎倒了一名商户，其他的商户马上意识到事态严重，抬着伤者迅速逃离了巷子。

受伤的商户最终被摘除了脾脏，孙盛勇因为案发前尚未成年，加上受害者本身亦有过错，只被判处了2年有期徒刑。

服刑期间，孙盛勇遇见了从前的几个兄弟，在狱内，他们一群人十分团结，势力一度十分强大。到2年后刑满，孙盛勇身后甚至多了几个坐牢时认下的小弟。

2

菜市场的商户都知道孙盛勇出狱了，这个在菜市场一战成名的年轻人早就在那里播下了恶名。垄断畅销菜品的生意，随即便自然而然地落到了孙盛勇父亲的手中。

当时，收购猪小肠的生意利润空间很大，孙盛勇便整日带着两个小弟守在菜市场的东西入口，几个批发商一见到这些年轻人腰间别着刺刀，便只能按照最便宜的价格将猪小肠交到孙盛勇手中。不然，一过中午，这些进不了市场的猪小肠只会招来一堆苍蝇。

垄断猪小肠的生意，让一些商户敢怒不敢言。在那个人们依靠报警解决问题的意识尚且薄弱的时代，孙盛勇很快就月入过万，成为年轻辈痞子中被众人架在肩上的人物。

在菜市场混过了 25 岁，孙盛勇以前的那批兄弟们陆续刑满出狱。

孙盛勇大摆宴席招待这群昔日的铁兄弟，成千上万的红包一个个地递给他们，用作刚出狱的生活资金。

这些在孙盛勇身上捞到好处的兄弟，渐渐将孙盛勇哄抬成了大哥，张口闭口“勇哥，勇哥”地叫着，出入任何场所，也是左右拥护，好不风光。

很快，孙盛勇盯上了市区娱乐场所的生意。

想要吃下这盘大菜，就需要在圈子里打响自己的名号。当时，他们把一个很有声望的社会大哥作为对手，准备踩倒这个人上位。社会大哥诨名叫“杠子”，以前和西安很有名的黑道人物“小黑”（魏振海）熟识，小黑被枪毙后，杠子凭借他残余的声望，在黑道上混得一席之地，手中握有两家大型夜总会的“干股”。

孙盛勇一伙人盯了杠子很多天，在停车场故意找碴儿，用一辆桑塔纳顶上了杠子的宝马。

双方决定用约架的方式解决冲突，输的一方赔偿 10 万元，并且在圈子里公开道歉。地点就在郊县的一处废弃水泥厂，时间是凌晨两点。

那天，孙盛勇他们带了十几个人，准备了斧子、钢管、大砍刀。而杠子那边乌压压地来了几十号人，拿着钢叉、关公刀，还扛着一把双筒猎枪架势。

虽然对方的人数明显占有优势，可孙盛勇打起架来，向来有一股不要命的狠劲儿。杠子并没有料到这群平均年龄不到 30 岁的混混们如此凶悍，他在江湖上闯了很多年，目睹了一大批人在蹲牢狱、枪决、打斗中致残致死……年纪越大，见识越多，越知道分寸就越胆怯。

被孙盛勇一通乱打之后，杠子的几十号人顿时作鸟兽散。就连杠子本人也在小弟的护卫下，仓皇逃离现场。

这场斗殴事件之后，孙盛勇一举成了当地黑道圈子里的“头牌”。

3

孙盛勇开始去市区各大娱乐场所谈“合作”，“干股”随之而来。

娱乐场所的一些红牌小姐来拉拢孙盛勇和他的兄弟们，孙盛勇挑中的小姐悉数被安排到各个娱乐场所做了管事，收入顿时翻了几倍。

孙盛勇真正靠女人赚钱，是在1999年之后。那时候，几个精明的妈咪经常给他送钱送人，希望借着孙盛勇的名号，让那些在市区跑出租的司机将客人带到自己的场所来消费。孙盛勇还给司机们定下规矩：每月带客消费超过10人，就有奖励；少于10人，就会受到惩罚。

孙盛勇合作的娱乐场所越来越火爆，送给他的钱也越来越多，孙盛勇至此达到自己黑道生涯的顶峰。

然而，孙盛勇的势力日益壮大之后，超出孙盛勇控制的麻烦也越来越多，无端而起的斗殴总是频频发生。2000年大年初五，孙盛勇的一名兄弟因为在酒店消费后没有钱买单，被经理拒绝了签单的要求之后，喊来五个手持砍刀的小弟，把经理砍成了重伤。

孙盛勇为了摆平此事，去医院探望受伤的经理。医生告诉他，伤者头皮被砍刀掀掉三分之一，手腕筋骨全部断裂，全身上下二十几处刀伤，躺在重症监护室几度失去心跳和血压，最后能活过来，算是一个奇迹。

为嚣张惹事的兄弟拦下这件祸事，孙盛勇前后花了近 60 万元，这笔钱在当时足够买套别墅了。麻烦事远不止于此，有兄弟和夜场小姐吸毒贩毒，全报孙盛勇的名号，警察为此盯了孙盛勇足足半年时间；也有兄弟在各大地下赌场欠下巨额债务，令孙盛勇无法置之不理，便到处树敌。

依赖暴力得到的一切，似乎也正在被暴力掠走。

2004 年，孙盛勇听从几个兄弟的建议，决定拿一部分钱去“放水”。但孙盛勇的几个兄弟都耐不住赌桌的诱惑，钱没有放出去，全部输在了赌局里，还欠了十几万元的债。

几个兄弟指责赌场老板做鬼，当场要求他将输掉的钱全部退还，赌场老板虽然听过孙盛勇的名号，但这样被欺负到头上，还是咽不下这口气。

孙盛勇的几个兄弟随即被赌场老板给扣了下来，其间有人打电话给孙盛勇，叫他带人来救场。一番打斗之后，赌场老板被扎了数刀，当场死亡。

这件事发生之后，孙盛勇开始像往常一样四处打点，找小弟去顶包。但此时，孙盛勇已被警方列入了打黑除恶的名单之内了。

地下赌场聚众斗殴致人死亡的案件，是30岁的孙盛勇盛极必衰的命运转折点，他被法院以组织领导黑社会性质组织罪、聚众斗殴罪判处了16年有期徒刑。

在陕西服刑至2009年，因涉黑罪犯必须异地服刑的政策，他被调往江苏监狱。

4

我是在狱中服刑后期才结识了孙盛勇，那时我们两个人都将在半年之内刑满。

即将从囚困多年的牢门里出去，自然是令人无比激动的事情，但“如何在社会上求得生存”这个问题，也令我们深感忧虑。

那时候，我一直在努力刻意去接近一些涉黑的犯人，以我当时幼稚的想法，攀上这些“瘦死的骆驼”，至少可以让我摆脱渺小和卑微的命运；而孙盛勇也正在四处收罗小弟，预想着出狱之后东山再起的辉煌。

可就在那个秋天的早晨，当我在栖霞医院的门口见到孙盛勇的那一刻，或者在我想起孙盛勇这个人的刹那间，我突然迟疑了。

步入社会仅仅两个月，所有见到的变化，已经足够让我像新生儿一般混沌而无能。我才刚刚学会了使用智能手机，第一次使用了网络购物，不停地将自己听到的各种新词输入百度搜索……

我不知道年长十几岁坐了16年牢的孙盛勇如何在接下来的生活中适应这些变化，他是不是还想凭借暴力，去攫取自己的生存之地？

我开始盘算着，如何委婉地拒绝这个昔日大哥“共谋大事”的邀请。

“勇哥才出来，不要想这些。我先带你去吃饭。然后找个宾馆让你住下。”

“找什么宾馆，我住你那里不就行了。”孙盛勇摆摆手。

“我在场子里帮人做事，睡在那里。你去不方便。”

“等过段时间，我想想怎么操作社会上的事，你就可以不用帮人看场子了。还有几个兄弟在常熟，到时候我找他们来一起做事。”孙盛勇还是一副志得意满的样子，我不再说话。

在去餐馆的路上，我们又断断续续说了几句，他似乎是看出了我略显冷淡的态度，开始给我模糊地许诺一些宏伟计划。

“勇哥，你的家人呢？他们没来接你吗？”吃饭的时候我问孙盛勇。

孙盛勇的眉头一拧，叹了一口气后，喝下了泡沫溢出杯沿的半杯啤酒。

“父母在我坐牢之后都先后去世了。我爸44岁才生下我，如果活着都86岁了。还有两个姐姐，她们恨我，觉得我给家里惹了不少祸。风光的时候也没让她们得过好处，大家都不来往了。”

沉默了一会儿，我赶忙转移了这个略显沉重

的话题。

“勇哥，待会儿我带你去开个房，你先休息两天。其他的事从长计议为好，最好回一趟家乡。”

孙盛勇再次沉默不语。

5

饭后，我便带着孙盛勇入住快捷酒店，他从狱中带出来的身份证早就过期，用刑满释放证明才成功办理了入住。

酒店前台小姐的目光很灼人，拿着那张戳满了红印章的 A4 纸去找经理。在经理的许可之下，她才递给我房间的门卡。

刚入住不久，就有警察来敲门，要求登记孙盛勇的手机号码、家庭地址之类的信息。孙盛勇还没有手机，只能把我的手机号码报给了警察。

在宾馆待到傍晚，我准备去场子里上班。孙盛勇想让我带他去浴场洗桑拿，我知道刚出狱的人第一件心心念念的事，便是去洗个“花澡”。

“勇哥，别去浴场，我带你去足疗店吧，比浴场活儿好。”

孙盛勇当时身上就只有2000块钱，他在狱中常年无接见，无汇款，这笔钱是服刑12年，每月50块的劳动奖金积攒下来的。

我没告诉他浴场的“花澡”要比足疗店的“大保健”贵得多，因为我知道，明着说为了洗个“花澡”而省钱，会让这位昔日风光无限的大哥很没面子。

我带他去了一家不远的足疗店，老板娘叫春香，常常会去我照看的地下赌场推几把牌九，与我熟识。我叫春香姐找个“活儿好”的姑娘给孙盛勇好好服务一下，账记在我的身上。交代之后，我便去了场子。

凌晨1点多，春香姐来推牌九。进了包间第一句话便问我：“你那个勇哥是不是头脑不好？”

“怎么了？”

“这个家伙老找我谈什么合作，说什么要垄断这个街面的足疗生意。我看他好像脑筋不怎么灵光。”

我不好答话，只知道孙盛勇还沉溺在从前的经历之中。为了避免他随时可能会带来危险和麻烦，我去宾馆给他垫了两天房费之后，决定借口家中有事，不再去见他了。

三天之后，我接到孙盛勇的电话。他花 400 元买了一部手机，叫我存下他的手机号码，还说自己准备去常熟见几个狱中结交的小兄弟，其中有几个据说在从事以贩养吸的毒品生意。

我自知没有能力对孙盛勇进行任何规劝，只能劝他万事小心，然后便将孙盛勇这个名字彻底丢在了脑后。

大概三个月之后，也就是 2016 年临近春节，我接到了孙盛勇的电话，他向我借 1500 块钱，准备回西安一趟。

他说决定去西安和两个姐姐见一面。狱中 12 年，从未被家人探视过的他，多次发誓要和两个姐姐一刀两断。但出狱三个月后，他觉得自己 42 岁的人了，再和家人怄气很愚蠢，况且两个姐姐是他全部的亲人。

我问他在常熟发展得怎么样，他告诉我，那几个在狱中结交的小弟让他去广东“背冰”。他知道自己入住宾馆、乘坐交通工具都有可能被警察盯上，正准备找人办假身份证，几个小弟便被抓了。

孙盛勇在电话里絮絮叨叨地说，这让他想起来自己18岁时因为阑尾炎住院逃过牢狱之灾的事情。那个时候，他并没有觉得那是一件幸运的事情。可这次，他确确实实地感受到自己的这份运气。

他给老家打了电话，两个姐姐在电话里哭着告诉他父母的房子一直给他留着，让他回西安好好生活。他没有银行卡，两个姐姐无法给他汇路费，所以，只能来找我帮忙。

我当即约他到了南京，帮他买好了回西安的车票。

离别的时候，孙盛勇使劲朝我挥了挥手。

2017年4月，孙盛勇带着他的未婚妻来南京和我小聚了一次。

他回西安后，在一家快递公司当了快递员，认识了当分拣员的未婚妻。女人比他小6岁，离异，有个男孩，两人决定搭伙过日子。

过了夏天后，孙盛勇决定和未婚妻从快递公司离职，两人一起去夜市摆了个摊。结婚的事，他们还要再拖一拖。

6

迎娶那个害自己的女人为妻

前 言

2017年下半年，我读了一篇名为《刑满释放人员再犯可能性预测的实践与思考》的论文，刑满释放人员再犯罪率常年居高不下，依靠“自我和解”或“良知感召”，促使他们回归正常的生活，并非易事。我萌生了寻访部分狱友的想法，想了解他们的狱外生活，以及牢狱经历带给他们的影响。由于我没能掌握专业的采访技能，大多采访都被对方以“侃大山”的方式将话题扯远了。最后，我在一堆支离破碎的素材中，还原了汤冬冬的故事。我想，即便是自己这样的记录，也不足以反映出刑满释放人员群体的普遍现状，它只是我有意识挑选出来的结果。坦诚这一点，也算是我对自己功利化写作的一种弥补。

1

汤冬冬总觉得父母给他起这个名字，未免也太草率了，听起来像一个不太容易获得尊重的名字。尽管在此之前，他已经两度入狱，刑期累计超过 15 年，可他仍旧固执地认为，之所以谈不到女朋友，有一大半的原因要归结于自己这个可笑的名字。

就在汤冬冬第二次刑满释放的三个月后，一切都发生了改变——2015 年，终于有一个 35 岁的女人同意和他“处对象”，如果相处愉快，很有可能会成为他的妻子。而就在这件值得高兴的事情发生之前，他刚刚和自己的哥哥打了一架。

那天，身材瘦得像搓衣板、穿上内增高也才刚过 1.60 米的汤冬冬，在家里上蹿下跳，砸烂了两扇新装修的铝合金推拉窗。等他好不容易停下来，哥哥终于不再阻止 70 岁的父母为这个不省心的弟弟购买那辆 5 万多元的汽车——虽然这要掏光二老的全部积蓄，而且汤冬冬还没有驾照——毕竟在老家，没有汽车的男人很难获得恋爱的机会。

之后，汤冬冬经常开着新车，去镇上的一家按摩店。在那里，他认识了35岁的马琴。

几乎和所有从事这个行业的女人一样，马琴在认识汤冬冬的时候，也准备了一个失败婚姻的故事，虽然真假难辨，但从头到尾，足够消磨一个钟的时间。

根据汤冬冬后来的描述，马琴总是喜欢踩在他的背上，一边埋怨着前夫，一边用脚趾抠他屁股上的穴位。在捏脚的时候，也会时不时埋下头，垂下的长发总能撩到他的脚心。

这种略显亲密的服务虽然需要额外付费，但对于一个39岁没有过什么经历的男人来说，很难不为此心动。

马琴和这个年纪大部分不擅保养的女人没有什么两样，相貌已略显风霜。但对照自身条件后，汤冬冬觉得马琴能答应跟他处对象，已足够令他喜出望外了。更何况，马琴还是个生意人，她甚至暗示过汤冬冬：自己并不介意吃软饭的男人，只要彼此相处愉快。

于是，没过多久，汤冬冬便将车子做了抵押贷款，把钱交给马琴去缓解另外一处生意的流动资金紧张。至于是什么生意，汤冬冬完全不知，反正他认为，这笔贷款会稳稳妥妥地赐予其一个家庭。

2

2015年4月初，体重不足100斤的汤冬冬瘫坐在汽车方向盘后，几分钟前突然发生的事故，让他感到身体异常沉重，悔恨和惊悸像铅似的灌满身体。

当天夜晚，因为马琴要领着他去见父母，他兴奋地喝了半斤白酒。以往，他在任何酒桌上都喝不了超过两瓶啤酒。

坐在副驾驶上的马琴却显得十分镇定，虽然无证驾驶、醉驾撞人这两件事足够将她的未婚夫第三次送进监狱，但她似乎没表现出一点儿的慌张。

“你不要下车，到副驾驶座位上。”马琴下车查看伤者时，直接将瘦小的汤冬冬拽到了副驾驶座位上。

事发在村郊之地，伤者是骑着自行车从一个路口拐出来的，自行车来到汤冬冬车子前面时，突然刹了车，便被撞翻了。当然，因为喝了酒的缘故，汤冬冬也没有弄清楚，这男子是故意做出这一危险举动，还是自己就这么撞了上去。他甚至没能看清男子的相貌，只看见男子飞出去几米远，趴在水泥路上一动不动。

“人估计不行了。”马琴上车后，直接将车掉头，准备返回县城。

往后大概20分钟的路程中，马琴不仅表态愿意帮汤冬冬顶替这桩事故，还想好了妥善处理事故的办法。那时候，汤冬冬觉得她真是个了不起的女人，那些句句说进心坎里的话，他一辈子都不会忘记：

“人是我们村的，我认识。你无证驾驶、醉驾、车子没保险，估计会被法院重判。

“你不能再进去了。我去自首，至少我有驾照。

“你马上回去筹钱，我给你这家人的地址，你先弄个10万块争取他们写个谅解书，我拿着谅解书去自首，顶多判个一年半载。明年出来你必须娶我，懂吗？”

3

让马琴去自首“顶包”这件事令汤冬冬十分惭愧，但对于这个男人来说，第三次坐牢是比进坟墓还可怕的事情。

他坐在父母的屋子里，四五个亲人埋头叹气，一声不吭。寂静之中满是亲人的愤怒，他也并没有为自己的所作所为请求原谅。

在向家人要钱的过程中，对亲情始终保持着冷漠态度的汤冬冬认为，这些年自己偏轨的人生，需要亲人们来承担主要责任。

1999年，23岁的汤冬冬在离家1000公里外的建筑工地上接到父亲的电话，说哥哥需要一栋楼房，才能将已经交付了一万元“见面金”的女人娶回家。可想要将家中那每间30平米的两栋瓦房改建成乡镇里时髦的二层楼房，就是掏空家中的所有积蓄都不够。于是，父亲在电话里分配给他两万元的筹钱任务：“这是做弟弟的责任。”

汤冬冬没有地方去筹来这么多钱。

距离工地约500米，有一个存放建材废料和建筑工具的仓库，库管员经常去工地活动室推牌九，他用两包香烟让年轻乖巧的汤冬冬顶替他管理仓库的工作，所以，仓库的钥匙便常常挂在汤冬冬的裤袢上。

将建材废料和建筑工具变现两万元，几乎让汤冬冬搬空了原先满满当当的仓库。这些物品的合理定价超过六位数，很快，汤冬冬因为盗窃被逮捕，获刑 10 年 6 个月。因认罪表现良好，才争取到了轻判。

在遥远的异乡服刑，亲人久久不来探视，汤冬冬尚且可以理解。但家人每年只汇给他 1000 元生活费，彻底消磨了他对于这个家所保有的最后温情。之所以走到这一步，本也是为了家里，而没有足额生活费的囚犯，则要在牢狱里忍受更为糟糕的境遇。

漫长又难挨的服刑生活，让亲情在汤冬冬心里变得十分冰冷。

经过减刑，汤冬冬提前 1 年 6 个月获释。第一次出狱的时候，汤冬冬已经 32 岁了，想想自己入狱的时候才 23 岁，一进一出不只是年龄的数字掉了个个儿，外界的变化对他来说更是翻天覆地。

他不想回家。那天，他和一位同天释放、仅在监狱大门口见了一面的狱友，在监狱附近熬到深夜，然后盗窃了一个备用的变压器。可两人并不清楚，那些被固定在电线杆上的摄像头，会将他们的行为完整地记录下来，服刑之前的世界还没能教给他们这类常识。

四天后，当他们打算把变压器以3000元的价格交付给一个买家的时候，汤冬冬再次因涉嫌盗窃被警察逮捕。

因为是累犯，汤冬冬被法院重判，获刑8年（后又获得减刑1年3个月）。很快，当时一起作案的那个狱友的名字和相貌，他就已几乎无法准确回忆，“像做了梦一样，模模糊糊地，一醒来还是在监狱里，像根本没被释放过”。

接连两次牢狱经历，留给汤冬冬的印象，就像一场荒唐的长梦。

4

“拿不了10万块钱给我，你们一个也别想过日子了！”

汤冬冬将一个玻璃茶杯扔在哥哥的脚边，房间里持续了几分钟的寂静就此打破，兄弟两人扭打了起来。

每次伸手要钱的目的不能达到时，去和哥哥打斗都是让家人妥协的最有效办法。瘦弱的汤冬冬总能将哥哥打倒在地，骑在那个欠缺了两只胳膊的残疾男人身上，跟父母讲条件。

父母随后将楼房的宅基地使用证书交到汤冬冬手中。当然，这栋已经盖了十几年的楼房，即使被迅速交易出去，估计也很难换来10万块钱。但是，汤冬冬的父母显然已经无能为力。

家人搬离楼房之前，父亲要求汤冬冬签署断绝家庭关系的协议书，并且请来了村里主事的老人做证。在那张被父亲潦草大字写满的纸条上，汤冬冬没有丝毫迟疑地摁下了手印。

他自认为，自己支离破碎的人生根本就是亲情造成的，况且即便是到了今天这样的地步，亲情也不能解救他。其实，所谓的亲情关系断绝早就已经发生了，何必还在乎这一张纸上的形式。

签署协议书的那天，汤冬冬回头看见哥哥和母亲正弓着背在墙角哭泣，这不足以令他动容。倒是他那个嘴唇上缺块肉的嫂子，搂着他12岁的侄子浑身颤抖的样子，后来在脑海里折磨了他几个夜晚。

“泥菩萨过江，自身难保。再苦，再可怜，有我坐了十几年牢苦吗？有我可怜吗？”汤冬冬很快用这样的想法克服了自己无用的良知和悲悯。

楼房里空空荡荡，真成了坟墓一般，这使他害怕。他一天也不想在“家”里待着，连着几天四处寻找买主，最后和一位出价75000元的邻县男人达成了买卖意向。

准备进行宅基地交易的前一天，汤冬冬的母亲和嫂子回屋收拾忘记带走的物品。站在这栋即将变更户主名称的房屋前，母亲告诉了汤冬冬一段令他惊诧不已的往事。

1976年，这栋被汤冬冬亟待售出的房屋还是黄土墙、茅草顶的时候，他的父亲汤金明和妻子在屋子的后墙根下，发现了不足百天的汤冬冬。他被一堆碎袄般的破布紧紧包裹，里面搁着一袋奶粉和10元现金。

那时候，28岁的汤金明是个老实的手艺人，每天凌晨 4 点就要起床去几十公里外的邻县卖苦力，家中刚刚新添了先天残疾的儿子，作为一个顾家的丈夫、疼爱儿子的父亲，他容不得自己有一点点的懒惰。

在屋子边上发现汤冬冬的时候，汤金明和妻子商量着，将这个看上去干瘪瘦小，甚至很难健康长大的弃婴交到村主任那里去，可尚在哺乳期的妻子却怎么都撒不开手。

亲生的儿子先天无臂，老天又赐给他们一个具有健康隐患的婴儿，夫妻俩觉得这是一种无法违抗的命运。他们竭尽所能给予汤冬冬充足的营养，直到汤冬冬 5 岁之前，他们亲生的大儿子一直被寄养在爷爷奶奶那里。

令汤金明夫妻感到欣慰的是，虽然汤冬冬始终瘦弱、矮小，好在是个健康的孩子。

5

“你既然已经和家里解除了关系，这事就不瞒着你了。”

母亲和嫂子离开时，汤冬冬被这段突然降临的身世震惊了，他觉得自己险些要站不住脚跟。已经足够糟透的人生经历中，得知自己身世这一天，无疑又让他跌进了一个新的命运最低谷。

第三次牢狱之灾，汤冬冬觉得自己彻底躲不过去了：他不能将对自己怀有恩遇的亲人撵出屋子，更不能让一个决心和自己过日子的女人去顶替灾祸。

他决定不再继续沦为被命运摆布的恶人，下定决心再去坐牢。

2015 年 4 月 6 日，汤冬冬在就近的派出所自首，供述了自己酒驾撞人后逃逸的事情。在决定自首之前，他并没有告诉马琴——他怕她任何的劝告和阻拦都会动摇自己的决心。

当天，汤冬冬在派出所待到傍晚，警察解开了他的手铐。他被告知需要回家等候饮酒、无证驾驶的处理结果，而至于那桩交通肇事的案件，已经转变成一桩诈骗案件，嫌疑人马琴及其前夫高玉明已被带回审讯室接受调查。

汤冬冬吃惊地询问警察案件的具体细节，从警察简短的回答中才得知，这是马琴为了帮前夫偿还赌债，与前夫合谋制造的交通事故，来诈骗他的钱财。

2015 年 7 月，派出所对汤冬冬的违规驾驶案件做出了处罚通知：车主汤冬冬因属于诈骗案件被选定的作案对象，其酒驾行为免予刑事处罚，其无证驾驶行为处以罚款 1500 元、行政拘留 7 天的处罚。

2015 年 8 月，马琴偿还了汤冬冬用汽车做抵押的贷款，汤冬冬为其出具了刑事案件受害人谅解书，马琴和前夫的诈骗罪由此取得轻判，高玉明获刑 3 年；马琴获刑 2 年，缓期 3 年执行。

后　记

是自己摆脱了命运的设定，还是压根儿命运从没有将他设定成一个恶人？这是整个事件结束之后，直到今天，汤冬冬始终持有的一个疑问。

但不管怎样，跑了一年“快车”的汤冬冬现在已经为人父，甚至还为两个月大的女儿取名叫汤爱琴。

是的，他真的娶了马琴。

在狱友们看来，这件事情简直“反人性”：明明这个女人设计坑他，他却不仅给她写谅解书，让她判了缓刑，甚至还娶她做了老婆。

可汤冬冬却不以为意，他甚至反驳大家：“你们谁没干过伤天害理的事？咱们不屑求人谅解，也不能求人谅解，咱们能不能谅解谅解别人？这也叫一种能耐！”

狱友们无话可说，我也无话可说。

7

刑满释放后，只想衣锦还乡

前 言

在日益完善的司法体制下，除去极少数穷凶极恶的死刑犯，绝大部分被关进监狱的罪犯，在接受惩罚的同时，某种意义上也开启一场漫长的人性回归之旅——他们总是要重返社会的，可能会在任何地方与大家相见。过去两年，我写了不少监狱故事，内容多少会触及一些过去的阴暗面，读者对此褒贬不一。但无论如何，我坚信大家的看法是一致的——监狱不能成为被文明时代遗弃的角落。如今，“监狱文明化管理”已不再是一句口号。包括犯人和监狱系统工作人员在内的大部分人，对管理上的进步都有着同样的认可。而在《刑期已满》这个新连载中，我决定写一写身边那些已出狱的狱友们。写作计划其实两年前就设立了。当时我建了两个微信狱友群，一个叫“铁窗挚友”，另一个叫“皇家浦口军校”，群友活跃时六十余人，眼下常见四十余人。这两年里，他们有的自动离群，有的回炉深造，还有的出去躲债就此失联。群里那位前文提到的名叫宋军峰的狱友已经身亡。他是徐州沛县人，因刑满释放后屡次伤害亲人，被绝望的父亲用铁锹杀死了。当地的新闻刚发出不久，就被人转发到了狱友群。报道中描述的宋军峰暴躁专横，说他刑满回家之后常因琐事殴打亲属，母亲被他打断了肋骨，奶奶被他打断了锁骨，三叔的头也被他给砍破过。我也跟他曾在同一个监舍相处了约三个月，他很瘦弱，因进过少管所，也比一般的年轻犯人更“懂规矩”。关于他的新闻令我很惊讶，也让我在心中顿生出一种可怕的陌生感——我实在无法想象，他的人生究竟是经历了怎样的裂变，才会在终于走出了监狱后，仍然无法在家庭中寻得安定。我真想写一写他，坐下来和他好好地聊一聊，凭借过往相同的牢狱经历，我有信心让他袒露心扉……但很遗憾。所以，我只是想单纯地写写这本书，趁着微信群里还有 40 多个人，趁着一切都为时未晚。

2015 年 10 月，大圣出狱，在监狱门口，被人放了鸽子。本来监狱里有个“大哥”答应在他出来之后，给他一份“背货”的差事，一趟活儿2万元——这种卖命钱着实是下下策，但大圣需要钱，他计划好了，干这活儿起码能弄到50万元——可等来等去，“大哥”都没出现。这个47岁身高1.72米的陕西汉子，挺着结实的啤酒肚，孤零零地站在巨大的监狱大门外，两眼放空，心里琢磨着，是自己没把“大哥”的衣服洗干净，还是“大哥”觉得自己嘴巴不牢靠。他的口袋里，只有一张刑满释放证明和960块钱——如果不是每月被强制存10元钱，这八年他可能连这点儿钱都存不下——但这个钱又能把他送到哪里呢？大圣说，对于他这种无家可归的人而言，高墙内外，无非是牢笼大小的区别。

1

大圣比我晚两个月出狱，我出狱前，砸碗就是他教的。

那一年8月2日晚，我放弃了最后一餐，去水房砸碗，看见大圣正在洗衣服——为了两个月后出去有活干，大圣几乎成了“大哥”的洗衣工。我站在垃圾桶旁边，将自己用了7年的白色塑料碗高举过头顶，重重摔下，碗着地后又弹了起来，直接蹦进了大圣的洗衣盆。

大圣放下衣服走过来，手把手教我：“碗底落地，碗才会碎。”他纠正好我的姿势，又提醒道：“砸碗的时候，心愿要喊出来。”

我把碗使劲儿砸下去，大声喊：“老子再也不吃牢饭了！”

“啪”的一声，碗四瓣碎开。大圣回到水池边，继续搓着衣服，歪着头问我：“爽吗？”

我长呼“痛快”，转身问大圣是几进宫。他的手在湿漉漉的衣物上加了几分力道，咬着牙帮子回道：“在老家关过1年。”

我俩在同一个监区朝夕相处了三年，但大圣很少认真说自己以前的事。他抽烟时喜欢转动手臂，滚圆的右臂上有一个用雪茄烫出的疤，比硬币稍大，形成一个溜光润滑的凹洞。

我曾问过他：“你蛮心狠，烫这么大一块疤，做什么亏心事了？”

他却反问我：“你知不知道男人最重要的是什么？”

我那时才 23 岁，一下就被他给问住了。

“耐力。”他得意了。

我点点头，下意识地摸了摸自己的手臂，等我回过神来，发现之前的问题早被打了岔。

这家伙说话经常没个正形，后来仔细想，他真是鬼精，每次都能把问题岔开老远。

大圣觉得牢里多人才，除了口袋里的一纸证明和钱，其实身上还藏着一份通讯录，上面密密麻麻地记着狱友的电话号码。

本来他觉得好歹会有一两个人能帮衬他，可眼下连自己该去哪里都不知道。他在监狱门口的饭店里借了手机，打通了我留的电话。我请他吃饭，让他在我家留宿了一晚，第二天还带他买了一部手机，教他用微信，在网上找工作。

他的手指笨拙地在屏幕上戳来戳去，嫌弃没有能挣快钱的活儿。见他如此不安生，我忍不住说了他两句：“明天早上去南京银行门口蹲着，那才叫快钱。”

大圣见我挂着脸色，赶忙解释：“我急着挣一笔钱，发自己牢骚呢。你帮了我不少，我都记着呢！”

“别老惦记着挣快钱，弄不好又进去。”我劝他，眼下刚出来，一人吃饱全家不饿，找份糊口的工作才是正路。

大圣却说还是想尽快挣到钱，“要还前面的债”。

2

第三天一早，大圣从我屋里找了个挂袋，收拾了随身物品，说要去无锡找荣鹰——出狱那天，大圣在监狱门口碰见荣鹰，两人在里面并不熟，但同一天出来就是极大的缘分，荣鹰的号码很快就被大圣补进了通讯录里。

荣鹰我也认识，是个开音像店的小老板，无锡人，有点儿上海“老克勒”的派头。他有轻微帕金森，头稍稍摇动，笑起来两颗门牙露着缝，脑筋活络，是典型的江南生意人，喜欢交朋友，但对人际关系的拓展又有精准的考量。

他“进去”过两次，都是“文化罪”——头一次是2011年，制售盗版光碟，房东“点的水”。那个房东是无锡有名的王八蛋，荣鹰花高价租了他的房子，本是想有个社会关系庇护，结果此人倒因贩毒进去了，数量巨大，怕吃枪子，举报了一大批人，其中就有荣鹰。

那当口正巧是中国加入世界贸易组织十周年，无锡要打造知识产权的样本城市，把荣鹰的案子当成侵犯知识产权的典型案例，上级部门亲自督办，荣鹰被捕当晚，数名警察把他从被窝里揪出来，枪口指着脑袋。

那次入狱期间，荣鹰可怜一个做贼的人牢饭吃不饱，隔段时间就将家属送进来的方便面给那人。那个贼比他先出狱，等他出来时，拎着个大编织袋来接他，一见面就说：“我在这儿等了你三天了，再不出来就去给你上大账了（给犯人在监狱的户头上存生活费）。”

袋子一拉开，里面全是烟，从三十元一包的到三块一包的，有一盒盒的，也有成条的，还有各种各样的零钞、硬币、毛票。荣鹰一看就明白了——这是去撬人家小卖部了。

后来，荣鹰把这个贼介绍到朋友开的厂里，可这位狱友却戒不掉心瘾，又从仓库里偷走不少东西。等荣鹰再接到消息，就是收到从监狱里寄来的信了。荣鹰没回信，也没生气，还有点儿想念这个狱友。

“他再进去，我觉得自己还是应该多照应一下……虽然是个贼，但交朋友够真诚，贴心贴肺，现在好多人这方面还不如个贼。”荣鹰后来这么跟我说。

出来后没多久，荣鹰就又在盗版音像制品上栽了跟头——他办了个音乐网站，因侵犯著作权罪获刑三年。而这次出来时，在监狱门口撞见大圣，他还是觉得，能帮就要帮：“别说一起处了三年的狱友，哪怕小猫小狗也有点儿感情吧？”

“不行，你就来无锡。”荣鹰跟大圣撂下这句话。

大圣嫌我这里没奔头，果断决定去投奔荣鹰。出门前，还特地跟我说，无锡混不好就再回来，“慢慢想活路”。

其实他的活路，早在监狱里就开始想了。

大圣有三个姐姐，还有老婆和儿子。但他服刑期间，只去过一次会见室。

那次，三个姐姐从陕北坐火车来，冷冰冰地站在会见室，大姐代表发言："爸妈死了。"

大圣剃了光头，穿灰色夏装囚服，噙住泪问："咋死的？"

大姐说："不是一起，先后脚走的。"

二姐补充："一个胃癌，一个肺癌，一年走一个。"

三姐骂了一句："爸妈都是被你气死的！"

会见室贴着"少一份埋怨，多一份关心"的标语，可三个姐姐还是失声痛哭，一起用摇头的方式，否定了这个混账弟弟——入狱前，大圣欠了两万元赌债，父母前脚刚帮他填完坑，后脚他就因为偷车入了狱。

等姐姐们好不容易平静下来，大圣问："她和儿子咋样了？"

大姐说："还能咋样？你在她家店里偷了多少钱，你心里没数吗？她借高利贷帮你的。"

大圣脸一热，不好意思再问什么。

会见时间规定半小时，三个姐姐提前 10 分钟就走了。从那以后，再也没人来看过大圣，他正式成了一名“三无”人员（无会见、无书信、无邮包）。这样的犯人是监狱里最蹩脚的人——欺负弱者，高墙之内也是如此。

好在大圣脑筋活络，善于结交人脉。他虽然在陕西长大，但继承了父母的东北口音。他因偷车获刑 10 年 6 个月，在狱中却常常用东北腔吹嘘自己入狱前的人生，什么当特种兵、造炮弹、砍人、娶白富美……给我们勾勒出一幅幅壮烈的江湖画卷。没人计较故事的真伪，大伙儿听完，派支烟过去，权当听书的酬劳。他双手接过，将烟一根根捋直，小心翼翼地放入一个废弃的烟盒里。

他自己在监狱里的地位低，但鸡鸣狗盗的犯人他还看不上，巴结人时，首选有关系的“红犯子”。在出监监区的文艺队当吉他手时，他接触到几个文教队的犯人。文教队 24 人，有 20 名职务犯——贪腐大案的主犯、学校的院长、省会城市的区长，都是狱内顶级的“红犯子”。

大圣给一个区长洗了两年的衣服，区长常帮他规划狱外的人生。大圣觉得当官的就是会讲道理，格外珍惜这段牢狱机缘——小老百姓哪有这样的机会？

那时候，区长因参加创业大赛得了奖，监狱颁给他一块脸盆大的荣誉铁板。大圣也跟着激动，到处宣传说区长申报了一个能挣大钱的专利——热水壶口加个装置，能倒出恒温开水，“全国有 20 亿个热水壶，一个壶挣 1 块钱，就是 20 亿的大项目！”大伙儿听了啧啧称赞，但转头一想：热水壶里倒恒温开水，有什么鸟用？

大圣觊觎着“大人物”对自己命运的关照，可他这么一宣传，区长反倒挂起了脸色，不让他洗衣服了。

大圣抱怨，两年的衣服白洗了，手上都洗出了冻疮。他心有不甘，特意要了区长的联系方式，出来了才知道，对方给他的是个空号。

3

大圣到无锡后，荣鹰确实关照了他，当天就带他往上马墩的“花街”钻，那里的粉红色发廊不能再多了。

荣鹰在马路上一边抽烟一边等大圣，烟还没抽完，“狗娘养的就出来了”。大圣解释说，坐牢把身体坐坏了，幸好自己是娶过老婆生过孩子的人，不然多招女人嫌弃。

荣鹰却告诉他：“老婆已经不是你的老婆，孩子也不是你的孩子了。你就踏踏实实找个工作糊口，过去的事，该翻篇就翻篇。”

大圣一听这话，觉得荣鹰是在打发他，“劳改犯没一个靠得住”，这话骂出口，他又觉得不妥，怪来怪去，还得怪自己太天真。

大圣太熟悉无锡这座城市了——当年，他就是在这里犯下的偷车案。

有些事，在监狱里的时候大圣从没细说过。

20 世纪 90 年代初，大圣退了伍，进了兵工厂造炮弹。这活儿听上去够血性，值得他这种人干上一辈子，在厂里干了三年半，工资从 87 块涨到 107 块。

一次，因为生产工序问题，大圣被质保主任骂了娘，他一拳打在质保主任的脸上，干掉对方两颗牙。打完人他就跑了，厂里四处通缉，8 个月后才逮住他，要劳教三年。他姐花三万块弄了个假肝病证明，劳教所不收，给他批了个保外就医。

2002年夏，大圣33岁生日刚过，4个月的儿子刚出新牙，老丈人刚把生意交给他，这个当过特种兵的胖子就砍了人。

老丈人交给他的，是县城最大的水产干货店，光冷库就有5间。那天，店外的塑料桶被拉沙石的货车挤破了，大圣让司机赔钱，司机说自己有老大，是县里有名的包工头，和大圣的老丈人很熟，大圣却不买账。

不一会儿，那个包工头赶过来，见面就骂大圣“吃软饭”，是条看店狗。大圣正拿着刀裁配货单，一刀就捅到了老大的皮带扣上，刀断成了三截。

包工头从拖拉机上拿了把铁锹，要拍大圣，大圣回厨房拿了把菜刀，要剁包工头。长兵对短刃，大圣先是躲，瞅准时机，照着包工头手上就是一刀，然后把刀往腰上一别，拉开柜台抽屉把里面的钱往兜里揣了一把，转头跑了。

大圣剁了人家半个右手，被老丈人花15万元给摆平了，也没吃官司——那时候，店里生意半数要靠拳头打出来，老丈人看中他的，就是他的血性和男子汉气概。

两次躲过牢狱之灾，是命运对其最后的眷顾。这次之后，厄运接踵而至，他先后两次入狱，罪行皆不涉及暴力，而是偷盗。

第一次是在老丈人的水产店偷钱，儿子周岁当天，所有亲属都坐在酒席上，他独自溜到店里，从保险柜里拿走5万块货款，赴了朋友的赌局。

他赌了一个通宵，输得裤袋里只剩两把瓜子。老丈人寻见他，冷面问道："乐乐周岁，你个当爹的不出面？"

"乐乐姓孙，你却让所有亲戚喊韩乐乐，我又不是吃软饭的上门女婿！"

他和老丈人大吵了一架，老丈人说，第一个孩子跟我家姓韩，第二个再跟你姓孙。大圣不肯。老丈人对外孙子姓氏的重视，绝对不容置疑，大圣的自尊心受了打击，从此和家庭疏远了。

之后几年，他陆续从店里偷走近30万元，最后一次，老丈人报了警。2005年，大圣被判刑1年，坐牢期间，他收到了妻子的离婚起诉书。

出狱后，大圣一蹶不振，全靠吃父母的老本儿过日子，每天和两个发小出门鬼混，黄赌毒样样都沾。

2007年，父母帮他还了两万元的赌债，大圣没脸在家啃老，跟两个发小去了无锡苦钱（挣辛苦钱）。结果三人到了无锡，又开始吸毒。那些日子，他们躺在东亭出租屋的床上，一边端着白粉，一边商量着如何搞到一大笔钱。

给他们供货的是个无锡本地人，他们四人决定去偷车，目标是一辆马自达6，半夜两点停在野赌场外拉赌客，司机有不熄火去场子里观牌的习惯，早被人惦记上了。

在作案前没多久，前妻给大圣打了个电话，问他为什么离开陕西。大圣和前妻吵了一架，骂老丈人下死手，害他蹲监一年。前妻哭了很久，质问他："你最后那次从店里偷了多少钱？小10万有吧？ 1万块判3年，你知道你为啥只蹲了1年吗？"

大圣听明白了前妻的意思——老丈人是按失窃金额3000元报的案，一是让他有足够的时间蹲监反省，二是方便女儿办理强制离婚手续。

"你反省了，改好了，爸会答应我们复婚的。"

前妻说。

大圣哑然，可他那时候哪能明白老丈人作为一个成功商人的仁义和精明。

前妻又问他还能不能回来，大圣愣了半天，撂了电话。

等人又进去了，三个姐姐来会见时，他又听见了一个截然不同的版本：前妻当了结婚的“三金”和儿子的百日金锁，又四处借了高利贷，才帮他填平了部分窟窿。但老丈人已经报警了，非要告他蹲监，前妻帮他求情，才把涉案金额减少至3000元。

他决定，出狱后要迅速挣到一笔钱，把前妻的“三金”和儿子的金锁赎回来。

在里面的时候，大圣偷偷用铁丝扎过一把玩具枪——这事要是被狱警发现，可不得了——他却双手背在身后，抖着腿，嬉皮笑脸地对我说：“本来想再扎一把，双枪李向阳，人挡杀人，佛挡杀佛，厉害吧！”

我后来才明白，大圣冒险扎玩具枪，是太想儿子；手臂上烫那么大一个疤，是下定决心要戒毒。

4

其实大圣出狱前，3 个姐姐还是打算把他这唯一的亲弟弟接回老家的。但大圣让她们都别来，说这一次他想先混好了再回去。

眼下，他需要立刻租房、然后找一份工作。荣鹰帮他从熟人那儿要了一个房间，工作可以慢慢找，租金不着急要。大家都仁至义尽，大圣挑不出什么理。

临近“双十一”，大圣的手机上不断有鲜红色的广告跳出来，他戳戳点点，看到一则招聘快递分拣员的广告。

往后两个多月的时间，大圣都是在大半夜和七八个中年妇女一起干快递分拣的活儿。女人们都盯着他，说看他的长相不像是干苦活的，“不是总公司派过来的，就是来暗访的”。几个好奇心重的还真上前去问，你是不是谁的亲戚？他就顺口扯谎，说自己做生意折光本钱，找份工作过渡过渡，准备东山再起。

女人们来自天南海北，都是进城打工的庄稼人，见大圣这副富态面孔，笃信他是个落魄的老板，纷纷贴靠上来。大圣鼓动女人们投资创业，说自己考察了上马墩区域，餐饮业可日赚千元。有两三个女人心动了——她们都有家，但人过中年，日子过淡了，事也看淡了，乐意寻些新鲜劲儿。大圣耐住性子，“考察”了一番，“哪个是能干的，哪个是想跟我搞婚外情的，可得分析清楚”。

最后，他挑了一个云南女人，名叫李雪，比大圣小 3 岁，微胖，面目浮肿，双手长满了冻疮。有一个病恹恹不挣钱的老公和一个胖得不成器的儿子，都在老家。

岁末，李雪没赶上春运的火车，独自留在无锡打零工。大圣约她去看庙会，李雪怕冷，大圣便邀她去出租屋洗热水澡。

出租屋在一楼，房间阴暗潮湿，四周都是翘起的墙皮，牛皮癣似的，盯久了身上会觉得痒。卫生间只够站一个人，水够热，雾气使人睁不开眼。大圣在外面听了一会儿水声，也挤了进去……2016 年一开春，大圣就和李雪辞了快递公司的工作，准备进军上马墩消夜市场。

大圣原本预想，李雪40多岁了，好歹干过很多年苦力，近年工价不低，她的“投资能力”也该有个几万。结果睡在一起了才知道，李雪满打满算，只能掏出9000块——虽撑不起去见前妻和儿子的底气，但也够在上马墩街道摆个夜市摊。

大圣花5000块买了辆电动三轮车，又花4000块改装成餐车。离职最后1个月，两人各领工资3000块，购买食材花掉2000块，杂七杂八花了2000块，留2000块备用。

大圣把摊位选在上马墩江苏银行东边一根电线杆子后面。节后农民工进城，夜市热闹非凡。一天刚出摊，就有人把水桶堆在了巷口，大圣的餐车开不进去了。

大圣急了——他知道“抢劫”自己地盘的人是那个卖杂鱼的瘦子，一个做夜市填赌债的王八蛋。人家是本地人，也混过，常常带七八号同伙在夜市上横行，凑人头摆阵势，他已占了个好摊位了，显然是想趁着生意红火再弄一个。

大圣只得又翻出了自己的通讯录。

过去，有个蚌埠人因为非法持有枪支和故意伤害罪入狱，大圣偷偷给这人做过一条牛仔裤，得到了送一把枪的许诺，大圣打电话问蚌埠人：“你不是说送我一把家伙吗？”

蚌埠人说：“我的天哪，现在什么形势，法治社会！你把我那话当真了？”

大圣又问：“能不能给我搞到？”

蚌埠人说花点儿钱，能弄把气枪，打碎两只啤酒瓶没问题。大圣加了蚌埠人推荐的好友，说友情价，2000 块一把。等东西到了他拆开包裹一看，才发现就是个儿童玩具枪。

大圣打电话质问蚌埠人，反倒被对方普了普《枪支管理法》。大圣要求退钱，蚌埠人又给他科普了一下《刑法》，还告诉他 2000 块不够立案的。

大圣除了警告蚌埠人别在上马墩露面，也只能把他们都拉黑了。

有那么几天，大圣在出租屋里生闷气，嫌弃自己老了，比年轻时怕事，要照二三十岁的脾气，哪还需要买枪壮胆？

他拿着玩具枪，在屋子里“砰砰砰”地发脾气。房子是荣鹰帮忙找的，房东跟荣鹰放话要撵人，荣鹰就来骂大圣："一把年纪，不安生。"

大圣憋不住委屈，说摊位被"赤佬"抢了。荣鹰查问几句，心里有了数，"夜市摊上哪有几个狠人，不过是一群蹩脚的东西"。

几天后，在上马墩夜市口，六七辆车横在路上，二十几个"王八蛋"下车，坐在杂鱼瘦子的摊位上，一人点 10 碗小杂鱼面。瘦子害怕了，弓着背过去，请教哪件事没做妥当，得罪了诸位大哥。众人只问他小杂鱼面能不能上，几时能上。瘦子尿了——这 200 来碗小杂鱼面，得从夜市做到早市。

二十几个人就齐刷刷地站起来，端桌子端板凳，把瘦子的摊位挪到了一旁。有人骂瘦子"占着茅坑不拉屎"，瘦子不敢说话，就有人"随手"指挥着大圣停在一旁的餐车，移到瘦子的摊位上。

大圣早备好了 20 多份炒饭，一人派 1 份，众人吃上几口，每人都在台面上摆了张百元大钞，扬长而去了。

夜市最佳摊位以后就归了大圣。

5

大圣在上马墩站稳了，老家的朋友小五子就来投奔他。他俩是发小，也是毒友。大圣坐牢这些年，小五子一直陷在戒毒和复吸的循环中。

小五子打电话给大圣，说自己难受又没钱，让大圣给他打 100 块钱。大圣说：“难受没有，要是买车票过来打工，钱给你。”

小五子同意了，大圣给他打了 800 块车票钱。结果人来了就犯瘾，天天求大圣找货。大圣把小五子关进小屋戒毒，门不上锁，就一句话：“只要出了这门，各走各的。”

两人的交情往前数，还是在十几岁时，13 个小兄弟就统一着装，穿着喇叭裤、背着军挎，自封“十三太保”。一群坏孩子，抽 8 分钱的“羊群”，引着十几个姑娘舔蜜似的黏在身后。学校旁的麦地中间有栋土房，偶尔没人，把锁撬开，就是大伙儿的根据地。农民有时回来了，所有人就躲进齐肩高的麦子里。等农民离开，再回到土房，接着弹吉他，弹《爱的罗曼史》——大圣后来能混上监狱里的文艺队，全靠当年的“童子功”。

转眼这么多年过去，大伙儿命运迥异。幸运的，过上了老婆孩子热炕头的生活；不幸的，诸如大圣、小五子，兜兜转转，也梦想着重获安稳的日子。

出狱以后，大圣的吉他挂在墙上，一年也动不了几回。他把琴挂进小五的房间，犯毒瘾的时候，房间内会传出狂乱的拨弦声，琴弦断得一根都不剩了，小五子就又央求大圣“来点儿货”。

大圣在监狱里待了八年，毒早就戒了，心瘾却没放下。小五子没来之前，时不常自己也动过沾点儿货的心思。后来，我逼问他到底沾过没，他没有正面回答，只是悄悄跟我说，他还有个发小，“小六子，一针海洛因下去，就死了”。

那时候，小六子跟发廊妹还有一个小白脸一起，玩了几个月，小白脸先死了。第二个礼拜，小六子也死了。轮到发廊女死在房间里时，摇篮里还有个孩子，可能还不到一岁。当时是夏天，等他们被外人发现的时候，孩子的尸体都干了。小六子的骨灰，大圣都不确定有没有人去领。

大圣给我讲起这段的时候，左手一直盖在右臂上，正好挡住了雪茄疤。

上马墩夜市，不管从哪个方向进去，“大圣美食”绝对会第一个进入食客的视线。

一辆屎黄色电动三轮餐车，左右各开一扇“鸥翼门”，车尾更性感，焊接着两节圆柱形分类垃圾桶。大圣总是挺着啤酒肚，脑门剃溜光，头顶蓄一小撮头发、扎个小辫，在餐车前颠勺炒饭。

出狱以后，大圣胖得越来越有气势了，肚子拼得过临盆孕妇，胸肌和屁股倒是结实。平时出摊，上身穿一件龙纹长袖速干衣，下身是破洞紧身牛仔裤，脖子上挂着玉佛牌，手腕上绑着佛串——他说其实自己一点儿也不信，如此“拗造型”，不过是为了显年轻，也为了能“凶一点儿”。也不是说老实人就不能在这条街上混了，就是得受点儿欺负——这是现实生活中的潜规则，跟在监狱里没什么两样。

2016 年年底，美食摊日营业额突破 800 元，还有人花 2 万元加盟，大圣就帮他设计了辆一模一样的餐车。生意有了起色，大圣就想扩大经营——主要也是受了斜对面羊肉店的刺激，“生羊肉 28 元，烧熟了能卖 98 元”。

荣鹰让他摆正心态，事是一桩桩做的，摆摊有摆摊的名堂，卖羊肉有卖羊肉的道道儿，不是脑袋发热说干就能干的。但见大圣不听劝，荣鹰就帮他四处打听做法，大圣煮了几十个羊蛋做实验，烧出来之后黑乎乎的，自己都吃不下，只能喂猫。

那段时间大圣捡了一只流浪猫，公的，名字取的霸气，叫豹豹。豹豹吃了十几天的羊蛋，忽然发情了似的，在冬夜里的叫声赛过春天。后来有一天，猫忽然就跑了，再没回来。

荣鹰带着几个朋友常来大圣的摊位捧场，李胖姐是其中之一，她时不常也帮着操心，规劝大圣专注起来："你们食材第二天坏了怎么办？冰柜也么（没）买一个。"

第二天，李胖姐女儿就给大圣捎来一个美的冰柜。大圣不好意思，人家撂话了："算投资，等你孙老板打响上马墩夜市的名头，等着分红。"

还有几个本地人也常来大圣的摊位喝茶聊天，荣鹰老婆也常帮着招呼客人，用无锡话揽客，有时大伙儿一起待到凌晨才回去。

6

夜市上本来也有几家做炒饭的，大圣的生意蒸蒸日上，炒“死”了三家。

生意红火，除了大圣的设计天赋、抢来的好摊点、朋友们的帮衬，还有最重要的一项，就是李雪太勤快，炒饭把胳膊都炒肿了。

大圣把李雪当工具，荣鹰骂过他，可大圣却说：“我攒够回家的钱了。”

荣鹰更生气了：“不是什么人都配提‘家’这个字，原来的家被你毁了，现在的家也快没了。”

大圣一直瞒着李雪藏钱，2017 年 8 月的一天，李雪忽然说，自己要回云南了——丈夫死了，得回去料理丧事——其实这一年，李雪过得还算有奔头，丈夫有严重的高血压和一堆并发症，活不长久也在意料之中。要不然，她也不会去大圣出租屋洗热水澡，不会拼命在美食摊上炒饭。

李雪问大圣：“你愿不愿意跟我走下半生，我有 15 万元的外债。”

大圣犹豫了：“给我一段时间考虑。”

当时大圣也已经在出租屋里收拾行囊了。他盘算着，等着把自己亲手设计的餐车和夜市摊位转手，买了“三金”和金锁，就回老家去见一次前妻和儿子，体面地道歉，让娘俩儿看他一副浪子回头金不换的模样。

可荣鹰却认为大圣一直活在梦里，那段时间，他也去过出租屋一次，始终在门口踱步，看见餐车上贴着转让电话，失望透顶，转身离开了。

一天晚上，大圣去找荣鹰，委托他转告房东，房子租到月底。荣鹰开门后没让大圣进屋，关了防盗门，站在弄堂里，问他啥事。

大圣说了来意，只听到荣鹰撂下一句“再会”。大圣有些落寞，他经过荣鹰家的窗口时，荣鹰丢出来一封信。信是还在监狱里的狱友们写的，区长还带头写了一段：

得知你现在已经自己创业，并且找到了合适的女朋友，很为你高兴。在这儿一并祝福你们。你的创业事迹，很多你的老朋友都得知了，他们纷纷表示出去之后，一定到你的“大圣美食”去捧场……有人要在你的经营地举办盛大的庆祝新生的宴会……希望你发展得更好，我们以后就一起跟着你干，听你吆喝，你千万不要辜负我们的期望。既然做了一件事，就一定要做成功，为自己，也为我们这些朋友脸上增光。

大圣将信撕成两半，丢在地上，径直回到住所。他发现出租屋的防盗门竟然被上了链条锁，停在楼下的餐车也不见了。

荣鹰给他发来语音："房东看我面子，从来只收你一半租金，现在提前收房。餐车是那个女人出的钱，我代为保管。你怎么来无锡的，就怎么滚回你的老家。"

语音刚发完，又打来电话，接着骂："你娘的，这么多年牢坐下来，你老婆小孩还来看过你？人家恨你恨到不得了啦，你还有脸回去啊？人家现在生活好得很，你突然跑回去，神经病啊……我懒得管你这些事，你把李雪的钱该掏多少掏多少，我老婆跟她处出感情了，我不放心让她跟你这种'赤佬'了。"

听完骂，大圣呆呆地坐在出租屋门口，坐到凌晨两三点，房东才拎着钥匙来开门："荣鹰讲了，那个女人帮你求情，你该收拾东西收拾东西，该滚就滚。钱什么的，她一分不要。"

大圣掀开床板，从夹缝里取出两团方正的报纸。房东看见了，惊叹道：“不得了，藏这么精，你刮女人钱哦！”

大圣拿着两团报纸，又去敲荣鹰家窗户，荣鹰探出头来，他将一团报纸塞进去，说：“这里是5万元，先让她还一部分债。还有2万元，留着备货。我的餐车呢？”

荣鹰把那团报纸扔回他手中，领着大圣去了夜市，大圣餐车的鸥翼门敞开着，铁锅下面蹿起火苗，一群下夜班的女工正在摊位上消夜。荣鹰老婆和李雪正在那儿热火朝天地做买卖，一个年轻的大胖子正在收拾餐桌。

大圣问：“那胖子是谁？”

荣鹰说：“李雪的儿子，以后也是你的儿子。你是两头亏欠，过去的没法弥补了，把眼下的担当起来吧。”

大圣沉默一会儿，接着指着那个200斤的胖子，笑着说：“那是儿子嘛，那是一头猪呀。”

荣鹰勾住他的肩膀，两人融入夜市。

尾 声

2018 年 10 月，我又去找大圣。他对我说，自己也知道回去见前妻没意义了，但他又说，如果以后发了财，他还是想去见见儿子的。离婚时，儿子 3 岁，如今已经 16 岁了。

采访结束临走前，李雪正好切完菜，要冲咖啡招待我。咖啡机是大圣在银行门口的活动上花 60 块钱抢购的，只能做美式。

因为咖啡机的操作问题，大圣和李雪吵了起来。那一瞬间，我产生了错觉，似乎大圣已经拥有一个稳固的家庭，他也许真的能回归安稳的日子，做一个普通人。

因为这种争吵平常至极，甚至有点儿无聊，融入这座城市来自千家万户的声音里。

8

两朵末路狂花的复仇之旅

前　言

2019年3月，我的狱友群里进了一位微信名为“火凰大妈”的女狱友，头像是一个性感的花臂女郎。群友们先是骚动了一会儿，等看到微信ID后面的出生年份，就又都潜水了。按照群规，新人要私信我一份个人介绍，模板上的必填项有：获释原因（自然刑满、减刑、假释）、原判刑期、实际服刑刑期、罪名（选填项），以及有无吸毒史等。24小时内不提交的新群友，我都会踢走。可这位“火凰大妈”当我不存在似的，一直没通过我的好友申请，还在群里没完没了地发拼多多的砍价链接，我正想踢人，一位女群友发了句：“香姐蹲完19年牢一点儿没跟社会脱轨嘛，手机玩起来溜溜的。”2011年的刑法修正案之前，被判处无期徒刑的罪犯实际服刑年数均在16年左右——这个大妈的刑期让我有些震惊。通过女群友的牵线，我成功联系到了“火凰大妈”，在浙江的乡下对她采访了四天。牢狱生活似乎让她对很多人和事都已十分迟钝，我给她看我的旧稿，她说自己是个文盲，教改科虽给她进行了几年的扫盲教育，但她“欣赏不来文章”。到了半夜，她忽然发来一条微信：“里面的事情，我没什么可说的，出来这段时间倒遇到一点儿事情，你想听吗？”一切都始于一场交通事故，一天一位年轻的女孩骑着摩托车撞伤了大妈的小腿，两人却因此结下了深厚的缘分。肇事的女孩叫魏靓，微信名叫“彩凤少女”，后来她成了“火凰大妈”的干女儿，也是“火凰大妈”微信头像的主人。在大妈的介绍下，我又与魏靓聊了几天，竟听到了一个我完全没料到的故事。

1

魏靓比闺密大梅小半岁，大梅喝农药时，魏靓才 17 岁半。两人是中专同学，因翻校墙去网咖包夜，被学校劝退，索性都辍了学。没想到，自由的校外生活才过了一年半，大梅就出事了。

魏靓伤心了好久，半夜开着那辆“鬼火摩托”去给大梅烧了几次纸。摩托本来是魏靓哥哥的，她哥租了滴滴合约车之后，把摩托在网上挂了990元，大梅看到了，非要买下来：“以后我们去网咖‘吃鸡’（游戏《绝地求生》）就不用跑两里地挤公交了，村路上的野狗也追不上我们了。”

魏靓便给她哥发了188.88元的红包，祝她哥滴滴生意红火，又软磨硬泡了几天，可算抢来了这个宝贝。姐妹俩很高兴，大梅出了800块，找修车行的朋友改装了一下，给车身配置了流光四溢的梦幻彩灯，引擎调得像暗夜嘶吼的撒旦。

两个女孩梳着七八条小麻花辫，又买了有粉红色猫耳朵的头盔，还在商贸城赊账，一人文了一套“彩凤”大花臂——这一拾掇，乡镇上的小痞子们都认得这两个“跩妹妹”了，大头苍蝇似的，嗡嗡地朝她俩黏过来。

从前，大梅的大屁股死沉死沉压在车座上，遇到减速带，缓震器“咯噔”一声，弹簧都压到底了。如今，后座上却空落落的。

相比起大梅的“前凸后翘”和“一白遮百丑”，

魏靓的长相显得小家子气，时不常冒几颗青春痘，不像大梅的脸，润得透光。她再怎么比，也比不过大梅的，大梅的老爹是杀猪匠，从小不缺肉，牛奶也订得早，营养充分，长势自然比她凶猛。

那天，魏靓一边给大梅烧纸，一边跟她道歉：

“我对不起大梅，有段时间挺嫉妒她的，背地里讲过她的坏话。我们还上学那会儿，住宿舍里，我帮她洗衣服，她每天中午帮我打一顿饭，我能省8块钱。我其实心里是有气的，嫉妒她家比我家有钱，我就跟班里那几个玩球的男生讲，大梅表面看着白白净净，其实来了月经的内裤丢在床角几天不洗……”

她跟我说：“我跪在她坟前面，我叫她打我骂我……叫她活过来呀……那么活泼一人，怎么就想不开呀？”

这也是当地小镇社会青年的疑问：大梅那么玩得开的人，怎么会喝农药呢？

魏靓知道些内情，但她实在料想不到会走向这个结局：

那时，她俩在网咖认识了一位“吃鸡牛人”，在游戏里，反应极快，总能精准地“爆头”，外号“大脸外挂”——从外貌上讲，这人又矮又矬，但一手“吃鸡”本事，加上“领袖气质”，在网咖很受欢迎，她俩几次加他微信，都没得到通过。但这人带着她俩在游戏里冲锋陷阵，好不威风，网咖举办“吃鸡”比赛，她俩跟着大脸混了个冠军，每人领了500块网费。

有一天，大梅忽然加上了大脸的微信，她高兴极了，端着手机给魏靓看，大脸正巧发来一串语音，“他说对我们有印象，两个大花臂，还说我没有大梅有意思，打游戏也不聪明，所以选择通过大梅。”

魏靓不高兴了，说大脸像只癞蛤蟆，谁稀罕跟他加好友。可大梅却好兴奋，“一张面孔通红的，和大脸聊得起劲，声音也越来越嗲……”

不出意料地，大梅和大脸谈恋爱了。大概半个月，两人整天腻在一起，魏靓偶尔在网咖撞见了他们，大梅也只笑笑，一步不离地跟着大脸，一会儿买烟，一会儿买奶茶。

魏靓在商城找了份售货员的工作，刚领第一个月的工资，大梅就开口借钱，她甚至办了好几张信用卡，紧急联系人的号码都填了魏靓的。

魏靓有数——大梅喝农药肯定是为了大脸。但具体是怎样的情况，她就不得而知了。大梅出事后，她找过大脸，本想着一探究竟，但没想到大脸一把搂住她便号哭起来，上气不接下气地讲，大梅迷上了网络赌博，输钱输多了，走上了绝路；然后又狠狠打自己耳光，骂自己没能力。

魏靓说，自己当时也是一下头脑发昏了，反倒心疼起了大脸，陪着他借酒浇愁，喝醉了，两人就睡到了一起。

烧完最后一沓冥币，魏靓在大梅坟前猛磕了几个头，作为好姐妹，她愧疚得很。

2

5 月 19 日，魏靓 18 岁生日。她在朋友圈发了条“2018.5.19 — 2000.5.19=18”，发完又删了。她本来许久没有回复大脸的信息了，但大脸竟然看见了她的朋友圈，发来语音，说要给她庆生。

吃鸡群也有两个男人加她，都是大脸的“战友”。她犹豫了一下，想起自己只有10岁那年过了一次吹蜡烛、切蛋糕的生日，眼下忽然有这么多人要给自己庆生，心里很暖，但又觉得再接触大脸，就更对不起大梅了。

忐忑难安之后，魏靓还是通过了他们的好友验证。很快，3个男人同时发来了庆生红包，每人转账520元，数字很暧昧，她吃了一惊，一个都不敢点开。魏靓平生头一回这么被人重视，甚至重视过头了，她心口怦怦地跳，脸烧一阵烫一阵的，鼻孔都快冒烟了。

三人又发来语音：

“生日红包不能不收。”

“休班后请我们唱卡拉OK呗。”

“说不定你还多花点儿呢，别不好意思。”

他们一人一句，弄得魏靓无法拒绝了。去KTV前，四人先组团在网咖“吃了几局鸡”，魏靓喝可乐时弄脏了衣服，要先回家换。大脸说提前去占包厢，骑走了“鬼火”，三人叠在小摩托上尖叫着离开了。

魏靓叫了滴滴，岂料她哥接了单——这个小小的县级市只有几十个滴滴司机，守在核心商业区的就占去大半——她想取消，但她哥肯定看见号码了，两分钟后，一辆挂着绿牌照的比亚迪停到了她跟前："上来啊。"

魏靓那天穿的是牛仔热裤和吊带背心，肚脐眼都露了出来，大花臂自然也藏不住了。她和大梅文这条花臂是躲着家里人的，平时两人在家都穿长袖。大梅死后，家里人才知道女儿有这么一条彩色的胳膊，一心认定是怪力乱神夺走了女儿的性命，白事时还请了九华山下来的和尚念经驱魔。

魏靓捂着胳膊往后座去，她哥瞪了一眼，她乖乖地坐到副驾，屁股刚沾着坐垫，她哥肉乎乎的巴掌就打了过来，"噼啪噼啪"两声脆响："雕龙画虎的不学好，搞得跟出来卖的似的！"

"你管不着。"魏靓还了句嘴，她哥瞪了她一眼，不出声了，一脚油门。

话刚说出口，魏靓就后悔了。

她几乎是她哥带大的。老爹早年中风，老娘跑的那年，她哥 14 岁，她 12 岁。她哥早早休了学，老的小的一把抓，酷暑天去 30 公里外的工厂当卸包工，肩头肉裂了又裂。好在那几年工价涨得猛，一天的酬劳从 80 元涨到 200 元，她哥做了 4 年苦力，家里才熬过了最难的当口。

可好事不长久，有天她哥卸货吃力了，被上百斤的货包压断了脖颈处的一根筋，手术花了 6 万元，再也不能干苦力了。当时，她哥才跟这天的魏靓一样，刚满 18 岁。工厂出于“人道主义考虑”，送了 2 万元救济金，好在她哥有个同学的姐姐是律师，后来尽心尽力帮着打官司，厂里最终赔了 15 万元。

后来被劝退的魏靓，也趁着她哥这场工伤选择了退学，先是去服装厂钉背带裤，计件工资，赶工没日没夜。她哥心疼她，拿到赔偿款后，让她换一个轻松点儿的工作。魏靓看到网咖招聘收银员，说喜欢，她哥同意了，只让她“别被不三不四的人勾搭上”——可这条彩凤大花臂就是明证——她不乖了，不听哥哥的话了。

从网咖到家只要 9 分钟，她哥在村里的稻场刹住了车，怒气冲冲地抢先一步下车，拉开副驾的车门，将她猛拽下车，命令她不准出门鬼混，然后又指着她的露脐吊带背心骂：“你穿得像什么，你这样出去鬼混，想被人盯上么！”

这话一字一句地，像砖头砸在魏靓身上，让她觉得一口气堵得胸口发闷。可她不敢还嘴，只能扭头就跑，跑了好远，才在镇卫生院门口拦住一辆出租车，对司机说了那个 KTV 的名字。

3

KTV 门口的那对金色门柱朝着热闹的街道，霓虹灯亮起，热裤女孩们一字排列迎宾，齐刷刷朝客人鞠躬。服务员领魏靓往那个猫主题的“中包”走，还没到门口，三个男人就急吼吼地纷纷探出头迎接她。

包厢里，酒水都点好了，桌上摆着蛋糕，插着“18”数字形状的蜡烛。三个男人唱了生日歌，魏靓许了“发财发大财”的心愿后，几个人追逐着互相往脸上糊蛋糕。

狂躁的嗨曲响起来了，灯光调成舞台模式，他们举着啤酒瓶挤在一处，乱蹦乱跳乱甩头。酒都是一瓶瓶“吹”下去的，魏靓开心极了，脚心抹了猪油似的，飘呀摇呀。好几只手在她的胸、腰际、屁股上摩挲，她开始觉得有些不对劲了，再往后，浑身就一截截软了下去，像是烧垮的白蜡一样，要融化了……嗨曲震个不休，旋转的五色灯光照亮她的脸，再暗下去，她只记得，沙发是黄色的。

等魏靓醒来时，“肚子又胀又痛”，3 个男人已不见踪影。她的头很晕，“像埋了根铁钉子在脑壳里”。爬起身，她忽然发现自己的牛仔热裤是反着穿的。

她立刻慌了，努力回想自己什么时候脱过裤子，恍惚了几秒，眼泪先出来了——她被人侵犯了。

魏靓惊慌失措地往店外跑，凌晨四点，KTV 冷清极了，服务员在大厅里打瞌睡。大街上静悄悄的，“鬼火”就停在一棵梧桐后面。魏靓又跑回包间找车钥匙，趴在地上找了一圈，发现钥匙掉在桌底，但桌腿很矮，底缝太窄了，“手能进去，胳膊不行”。

桌子很重，她咬着腮帮子挪动了一点儿，一个避孕套盒子先露了出来。她捡起来看，里面只剩三个没开封的了。

魏靓崩溃了，哭着蹲下去，泪水和鼻涕在瓷砖上连成丝。她知道自己肯定被下药了，不然不可能毫无知觉。服务员循着哭声，站到包厢门口了，她终于摸到车钥匙，疯了似的跑出店门。

“鬼火”最快时速能开到100公里，引擎声刺耳可怖。49岁的杜桂香在几百米开外就听见了响声，慌忙钻进一个分类垃圾棚里，准备朝着开过来的摩托狠狠地吐口唾沫。

杜桂香每天黎明时候出门翻垃圾桶，捡拾塑料瓶、易拉罐，天亮了忙这种事，实在是难为情。她有个改不掉的恶习，遇到激动的事，就喜欢吐唾沫。有回在垃圾桶旁找到一堆旧衣服，带回家后从一条男士西装裤里翻出72块钱，激动了一天，“那天做什么事都忍不住吐口唾沫，拿着钱去连锁中餐馆，加汤时昏头了，朝保温桶里吐了一口”。生气时，她更是改不了这个恶习，跟人吵架拌嘴，话没出来，唾沫先吐到人家脸上了。

杜桂香预备了一口老痰，她不知道是哪个冒失鬼将摩托车开到这种震天响的地步，她有中耳炎，“早上起来耳朵就流脓了”，这噪声让她很生气，这口痰不吐到这个冒失鬼身上是不痛快的。

引擎声越来越近了，杜桂香站出去时，被近到咫尺的引擎声吓得一抖，本应嘴巴稍稍朝前的预备姿势，下意识地变成右脚朝前跨了半步——杜桂香这半步来不及收回，魏靓也来不及刹车，“鬼火”的前轮碾过杜桂香的右脚，将她的小腿压成一道吓人的弧度，一声惨叫后，杜桂香的大腿贴紧地面，脚心却翘到了天上。

摩托车熄火了，黎明中的街道却无法安静下来，杜桂香鬼哭狼嚎，嗓门不亚于刚才的引擎声。魏靓撞了人，慌得要命，先给她哥打电话，可她哥跑滴滴夜里一点多才沾床，四点多钟就算打雷、地震，也没叫醒他的可能。

杜桂香在惨叫的间隙朝魏靓吐口唾沫：“报警！叫救护车！”

4

魏靓她哥是在5点多赶来的，交警扣了魏靓一会儿，说“大妈已送医”，让兄妹俩去医院交两万块钱，“要动手术”。

她哥开车往医院赶，魏靓缩在副驾驶座位上，两眼放空，两行热泪挂到了胸口。她不敢说出在KTV的遭遇，眼下闯的祸够大了，够给她哥添麻烦的了，自己那点咎由自取的苦头，又怎么好意思申诉呢？

兄妹俩还没踏进医院大厅，就听见急诊通道里，杜桂香在拉狠着腔调骂人："吊死鬼，撞完我就跑了？你们公家肯定放跑了她，把我撞成这样，你们公家就这样子不管啦？"

她的身旁站着两个交警，其中一个讲："老大妈，别蛮不讲理，我们能陪你过来就不错了，这该是你家属的事。"

另一个又上去安抚杜桂香的情绪："知道你吃了苦头，缓下情绪配合治疗……你的家属呢？我来联系他们过来。"

"老娘一个人活到快50岁了，要什么家属啊？什么狗屁家属啊！"

兄妹俩小心翼翼地贴上去，魏靓她哥问交警："住院费带来了，怎么个缴纳的手续？"

杜桂香发现了魏靓，忽然发力，整个人在急救床上挣扎了几下，床腿轮子竟朝魏靓撞了过来："小婊子，你把我撞成这副惨相，你讲讲，怎么个收场？”

魏靓被抓住了手腕，泪巴巴地求杜桂香：“松手呀，我晓得闯祸了，我给你治，该认该赔的呀……”

交警迅速介入，将急救床拖到一旁，让兄妹俩去外面候着，等到上班时间去缴纳住院费，还要留个人陪护。为了避免冲突，交警建议他们花2000块请个护工。杜桂香听见了，说：“别人我不放心，我喊弟媳来，但护工费不能少的。”

出了急诊室，有个交警对兄妹俩说了点儿私话。“交警跟我哥讲，这个大妈不是省油的灯，‘进去过的’，才放出来不到一个月。（他）让我和我哥做好心理准备，这桩麻烦事千万别再节外生枝，医院这边把钱交足，人少露面。等大妈出院了，走他们这边的处理程序，能私了尽量私了，实在不行，走司法程序，听从法院判决。”

兄妹俩走出医院，魏靓她哥闷声不吭地上了车，魏靓却拉不开副驾驶的门。她哥放下半片车窗，冲她吼道：“你说说，你谁不撞，偏偏撞这么一个女劳改犯！”

魏靓仍旧不识相地拉车门，她哥扯着脖子骂：“该上班上班去！闯了这么大祸，还有脸回家睡大觉啊？”

话（说）毕，她哥一脚油门离开了。

魏靓呆顿顿地朝网咖去了，走出几百米后，又醒了似的——自己怎么还有脸回网咖呢？

她觉得老天爷是瞎了眼的瘪三，把道理都弄反了，她吃了那三个男人的糟践，反过来倒没脸见他们了——还有好端端一条夜路，那么适合飙车发泄一下情绪，怎么偏偏就横出一只脚，撞了这么个大妈，“老天爷是泼皮无赖，是拿人开涮的流氓！”

魏靓在街面游荡到中午，发现自己被踢出了“吃鸡群”，又过了一会儿，一个女孩加她微信，她犹豫一下，通过了，女孩直接甩来一连串语音，告诉她一些关于大脸的事：

“这人本来在济南上大学，家里经济条件很差的，老爹老娘是老实巴交的农民，学费一半都是借的。他考上大学后也不争气，在学校狂追一个城里女孩，骗了老爹老娘一笔血汗钱给女孩买鞋买手表，女孩收下礼物后立刻给他发了‘好人卡’，他伤了心，又挨了老爹老娘的骂，一灰心便辍学了，回家里跟着二舅承包鱼塘，老爹老娘帮他出了合股的钱。但他一点儿也不踏实，没事经常往网咖跑，这人脑袋瓜子活络，学习能力很强，据说还付费学了个‘搭讪艺术’（PUA）课。”

这个女孩说她也是受害者——她的男友被大脸带坏了，本来两人要领证结婚，日子都选好了。谁知男友就像变了个人似的，一下子劈腿了四五个女孩，其中一个女孩还挺个大肚子找上门。

女孩说，大脸有些歪门邪道的“道理”，那些跟他混的男生们都深信不疑。比如和女孩发生关系后，录视频，卖给不良网站牟利。

说完，女孩就拉黑了她。

魏靓以前在朋友圈见过“PUA”，还以为是“渣男”的英文单词。她在各种手机应用软件上搜索“PUA”，种类繁多，还有鼓励女孩自杀的内容。屏幕上的字像一群被捅了窝的马蜂，在她脑子里乱飞乱窜，嗡嗡地蜇她、刺她。

她无处可去，猜想她哥应该跑滴滴去了，就回了家。进屋后她便瘫软在地，趴在水泥地上放声大哭。屋里到处是尿骚的味道。她想起卧床的老爹——这一天谁都忙昏了头，没人给老爹换尿片。

5

安顿了老爹，魏靓也乏了，也不知睡了多久，迷迷糊糊听见家里有吵骂声，又听见了砸杯子的声音，打个激灵站起来，披了衣物出去，见家里来了五六个悍巴巴的男人，在客厅里围住了她哥。

领头的是个秃顶矮汉，脚下是摔碎的一杯热茶，男人瞅见魏靓，一巴掌拍桌面上，指着她哥问：“是这个小婊子吧！撞了我姐是吧？”两个男人要过来拖魏靓，她哥挡了一步，软声软气地哀求：“兄弟，别动火，她还小，不懂事，跟我谈，跟我谈。”

她哥边说边顺手推了魏靓一把，让她去老爹的房里。魏靓埋着头，心想自己该勇敢一点儿，挡在她哥前面，可脚却怯生生地朝前走。矮汉追过来，一把拽住她的大花臂，哼哼说：“一看就是个不正经的东西，女孩子家家，搞得流里流气——你哥今天不拿10万元赔偿款出来，今天我们就把你扛走！”

魏靓任由矮汉这么拽着，含泪瞅着她哥。她哥不时瞟一眼堂屋正中那根漆红的房梁，眉头拧着，喘着粗气——那根房梁上藏着钱，她哥的15万元赔偿款到手后，10万元存进了银行，剩下的，1万元给滴滴公司交了押金，1万元备着急用，3万元存进一个互联网借贷平台。结果平台爆了雷，他哥就疑神疑鬼了，觉得钱放在银行不稳当，索性都取了出来，藏在房梁上。

魏靓看出她哥正纠结着要不要将钱取下来打发了这些人。可她太清楚她哥的难处了——他要攒够18万元，娶那位分分合合谈了三年的厂妹。18万元是对方提的彩礼钱，本来8万块的缺口还得苦哈哈地挣进省出，这下要赔掉10万元……这钱是一家人的血，血抽干了，她哥和这个家也就彻底毁了。

魏靓使劲扯了一下，脱开矮汉的拉拽，跑厨房拎了一把菜刀冲出来，在矮汉跟前，朝自己的大花臂划了一刀。她浑身发抖，手上没劲儿，这一刀只划破了一层薄皮，血没有流出来。

“少跟我玩这套啊，你就是今天抹了脖子，该赔的钱也一分不能少！”矮汉指着魏靓，好像一群人都看穿了她的表演。

魏靓的血气立刻上头了，又是一刀——可这一刀是砍在她哥挡过来的胸口上。她哥夺走了她手上的刀，又快又狠地又给自己来了一下，血立刻喷了出来，场面有些吓人。魏靓冲过去捂住她哥的伤口，她哥捂住她的手，血还是汩汩的，像前不久兄妹俩抢修的那个卫生间里坏掉的水龙头。

“你他妈有种砍脖子呀，你敢砍脖子，我立马滚蛋！”矮汉也怒了，踹了兄妹俩几脚。忽然里间传来“砰”的一声巨响。众人愣了一下，魏靓反应过来了，爬起身往老爹房里冲——是老爹落床了，头磕在一张小几上。她抱住老爹的头，号啕尖叫了起来。

矮汉兴许觉得这穷户要全家人一起搏命了，退让了，不声不响地就离开了。

杜桂香的弟媳是个势利眼，刚到医院的几天尚且尽心服侍嫂子，以为能在赔偿款上“打算盘”。等丈夫回来，一听说肇事方是穷户，用杜桂香的话说，“那张肉嘟嘟的面孔先垮掉了呀，眼神蛮不对劲的，虚咪咪的，就聚着光瞅我。”一日三餐也不客气了，

“猪吃食一样的，叫同病房的人都生厌”。

到夜里，弟媳比杜桂香睡得还早，鼾打得肆无忌惮。刚动完手术的杜桂香闹肚子，喊了弟媳几遍，却只把同病房的人叫醒了。有人起身想帮杜桂香，杜桂香却火了，不许旁人搭手，将床头的半杯水朝弟媳泼了过去。

两个妇人当晚吵得鸡飞狗跳，互相比赛吐唾沫，连劝架的护士都未能幸免。弟媳当然不陪床了，临走时还顺走了同病房人的一箱牛奶。

缺了陪护，杜桂香很多事只能干着急，再少吃少喝，拉撒之事也不免麻烦护士搭搭手，可护士都一堆事，总不能及时赶过来。

病友都劝杜桂香再找一个护工，让肇事方请。杜桂香虽然嘴上骂得凶，却还是讲道理的——魏家已经出了2000块护工费，是自己家人不争气，再让那对穷兄妹贴2000块，她开不了这口。她本来是交代弟弟去魏家讨赔偿款的，听说弄得那副血淋淋的惨相，难免有些触动良心了。她想，所有事情交给法院吧，该怎么判就怎么判吧。

6

一天，有护士探头探脑地问："杜桂香在吗？"

杜桂香以为是得空的护士来帮着塞便盆的，又有些难为情，扬了扬手，喊："没货，你该忙去忙吧。"

护士径直走来，贴到她耳根说话。杜桂香听明白了，护士的意思是，撞了她的小女孩，她哥受了刀伤，撩线缝合后要住院几天，女孩这两天总跑医院，照料一个、照料两个都是照料，于情于理也说得通，这种事用不着客气。

杜桂香想想也是，本来就是小女孩对不住她，现成的人不用，干吗让自己在这儿白受一趟苦。她在心里打妥了算盘，该算的护工钱最后在赔偿款里扣，便让护士帮忙唤那女孩一声，让她"自觉点儿"。

就这样，魏靓看了杜桂香几天，白天的饭菜送得及时，擦身洗护的事情忙起来更是熟练利落，夜间看护也有一身灵劲儿，不等杜桂香唤，就能猜准她的"时刻"。病友们都夸赞起来，问杜桂香怎么调教这女孩的，小小年纪比那些护理公司的派工还靠谱。

杜桂香却高兴不起来——她怎么能同情、心疼这样一个熊孩子呢？她的同情心本该在半辈子的苦头里丧尽了——但她没法装糊涂的，混账弟弟说过，肇事方家里躺着个中风卧床的老爹，这种伺候人的活，女孩肯定是驾轻就熟的。

杜桂香强迫自己的心肠硬起来，有天晚上，开始找魏靓麻烦了。事情不大，夜里几只蚊子搅得人头疼，杜桂香骂了蚊子，睡到半夜，被一阵蚊香的烟气给熏醒了。

杜桂香最怕蚊香气味了——夏季的牢房里热得要命，蚊虫也一点儿不怵人，蚊香没日没夜地点。有几年监狱搞扩建，拆了一半牢房，没拆的牢房就只能加人头，上下铺不够睡就换成了三层铺，她睡下铺，翻个身鼻孔都贴到地上，蚊香的烟气熏了她几年。如今，一闻见这气味，她就觉得脑壳子像被人伸手进去掐了一把。

“谁让你点的蚊香？你想把我熏死了好脱身是吧？你是不是故意给我苦头吃呀，我脑袋壳子都被熏炸了！”杜桂香故意把脾气往大了发，还顺手将床头柜上的一个苹果打落在地。杜桂香想，毕竟后面是要打官司的，双方这几天相处得过于融洽了，到了该提高一下“敌我意识”的时候了，不然后面心一软，赔偿款要打折扣的。

后半夜，杜桂香醒了几次，见魏靓还伏在陪护床上默默地落泪，泪水在陪护床那块人造革上洇得像小孩尿了床。这场面又搅痛杜桂香的肠子了，一会儿想着，“太心疼了，怎么能这么骂一个女孩子呢，好歹人家贴了心地在服侍自己呀”。一会儿又劝自己在气势方面要占上风，“骂她句怎么了？把我一条腿撞成这样，她做的这些都是应当的，甚至不够的呢。况且我那也只是句口头禅，我骂起人的狠话还没落到她头上呢。这哭给谁看的，至于这么哭吗？”

脑子里一直掐架，杜桂香知道没安生觉睡了，索性唤魏靓过来：“你咋这么大委屈，哭这半天？我就是火暴脾气，哪句话你也别往心里去。”

半夜里讲话，得轻声软气的，氛围就缓和了。魏靓抹掉眼泪，回道：“我不是气你，我害你吃苦头的，你怎么骂我，我都不生气。”

杜桂香拍了拍床面，示意女孩将床摇起来。等找到舒适的坐姿，她问：“那你气什么呢？”

魏靓心里憋着这么一大股的委屈，光靠淌眼泪是不泄愤的，氛围到位了，她也就憋不住了：“我平常飙车，顶多拉到70，开不出几百米就赶紧降速了，那天撞到你，我90多开了好几公里……就是遇到糟心事了。”

“你一个女孩子家家的，凌晨四点不在家里头睡觉，跑街面飙车，而且手臂搞得这样花里胡哨，你还能遇到什么糟心事？我闭着眼睛猜都晓得啦——被男的欺负了吧？”

话头聊到这儿，魏靓没退路了，她只能一头栽进杜桂香怀里，哭诉起来。

魏靓一番苦水倒完，杜桂香像自己亲生孩子受了糟践一样，怒从心头起，铆足了劲头，一掌劈在床头柜上，震醒了病房里所有的人。魏靓担心大妈那只失了轻重的手弄伤了筋骨，岂料是那张床头柜先承受不住，吱吱响了两声，“咯吱”一下就散架了。

7

坐了19年牢，杜桂香也算是个“狠角色”。

杜桂香原名叫杜招娣，20世纪60年代出生在浙江乡下，那时重男轻女，溺女之风犹存。她是老大，二胎妹妹被爷爷丢进了粪桶。弟弟是第三胎，生下来就是父母的一块宝。

杜桂香9岁开始拾粪，12岁去生产队挣工分，19岁时，父亲就要将她嫁给村里的傻子。傻子的娘舅是生产队会计，父亲想拿她为弟弟攒前途。她就在一天夜里偷偷爬起来，用老虎钳在15岁弟弟的裤裆里拧了一下，看着弟弟“捂着裤裆像蚯蚓一样在床上滚，叫都没力气叫”。

她怕挨揍，趁着天黑跑出了家门，就再没回去过，从夏天流浪到秋天，在几十个村庄讨过饭，在不知不觉中，她就走到了北湖南岸，披头散发地站在湖堤上。

湖面泊着大大小小几十条渔船，秋寒乍起，渔民们却光着膀子在船上来来去去。他们的皮肤黝黑润亮，一个个讪笑着，抽着烟，盯着她看。女人们也从船屋里出来了，朝她挥手，大声问道：“叫花子，你是哪里人啊？”

她浑身发抖，说不出话。女人们架着船板，走到湖堤上，围着她。有人给她披上一件帆布外套，她放松了警惕，撩开脸庞的头发，有气无力地说：“米汤，给我弄点儿米汤喝吧。”

女人们被她受伤红肿的脸庞惊吓得尖叫起来。她的上唇开裂，左脸肿胀，眼睛乌青——一刻钟前，一个黝黑粗野的男子将她摁倒在湖堤的草丛里，一边用拳头捶击她的面部，一边揪扯她的裤子。她弓着腿，顶了男子的裆部，逃到了渔民聚居区，那男人方才没敢追来。

渔船上的女人们把她搀扶进船屋，有人端来热气腾腾的鲫鱼汤，有人给她送来衣物。她喝完热汤，眼泪簌簌地下来了。女人们也忍不住了，抱住她，跟着哭了起来。

那是她有生以来，最备受温暖的一刻。

她在这里住了下来，经人介绍，嫁给了一个愚笨、暴躁的渔民。因喜欢闻桂花，就给自己改了杜桂香这个名字。

婚后多年，她尚未生下孩子，丈夫彻底失去了耐心。有时候她也为此自责，甚至胡思乱想地找原因。比如，在北湖区流浪时，农民烧了一堆稻秆，她觉得那里暖和，路过时可能火气进了子宫，留不住胎儿；又比如，她在庙里来过月事，拿菩萨的披巾制成月经带，也许此事造下了恶业，一辈子要当石女。

不久，丈夫又冲她发酒疯，问杜桂香是不是肚子里缺了什么零部件，怎么就不下崽，摸摸索索要爬到她身上。她甩起手便劈打丈夫的头，丈夫抱头鼠窜，她步步紧逼，到了船沿，她想让丈夫吃吃湖水清醒一下，猛地推了一把，丈夫直挺挺地栽进了水里。

本来渔民水性都顶好，可那个湖风强劲的夜晚，渔船挤在水面上，摇来晃去，丈夫半天都没声响。杜桂香打着手电去找，一湖墨绿色的夜水，光都照不进去。她挨家挨户喊人帮忙，渔民们打开所有的船灯，三五成群地出船寻去。半宿之后，捞上来一具开裂了脑门的尸体。丈夫掉在船缝里，湖风把渔船吹得撞来撞去，头被挤扁了。

警察来调查，这才发现她是个黑户。按规定，对于犯罪事实清楚，证据确实、充分，确实无法查明其身份的，可以按犯罪嫌疑人自报的姓名起诉、审判。她觉得自己少不了一死，不想叫以前那个糟心的名字，就跟警察报了杜桂香这个名字。

1997年，30岁的杜桂香因故意杀人罪入狱，获判死缓。“我命大，抢头胎出生的，老天爷留着我的命另有安排呢，杀人都用不着偿命的。”

服刑期间，杜桂香缝过皮球，编过珍珠饰品，制过羽绒服，年年都被评为劳动能手。服刑后期，她又干上了工艺岗位，整天教别人怎么干活——这是好的一面。

另一面，她也曾是那座监狱里出名的“侠女”，那里史上最大的聚众斗殴事件也由她引发，起因是为一个姐妹出头。

那女人有段被人胁迫卖淫的凄苦经历，被警方解救后，家乡人嫌弃她，苦于找不到谋生渠道，只得重拾皮肉生意，后来偷了客人一块手表，因盗窃罪入狱。不承想入狱后，撞见了曾逼她卖淫的老板娘，想到自己身上百来个烟疤的伤痛，她就跟杜桂香诉苦，随手送来一箱方便面和一瓶洗发水。杜桂香不稀罕这点儿好处，但她被女人身上的烟疤弄伤了心，非要会会那个黑心的老板娘。

老板娘是个胖女人，为当时监区的“小老大”，杜桂香先是单枪匹马跟她身边十几个小姐妹干架，被对方打得血糊了脸。杜桂香有五六个姐妹看不下去，冲过去帮忙，双方小 20 人，打得不可开交。最后监狱防暴队出动，才制伏了众人。

杜桂香的改造表现算是功过相抵，不过，她这有情有义的样子，在狱内混得相当知名。服刑后期，整个监狱，上到监狱长下到管教，谁见了她，都得笑着打声招呼。

8

出院当天，杜桂香不放魏靓走，说出院了她也缺乏照料之人，“伤筋动骨一百天”，魏靓必须等她痊愈了，能跑能跳了，才能不管她。

魏靓心里觉得，杜桂香这是在故意刁难。前两天，两人在病房里起了一次争执。杜桂香非要魏靓将那三个流氓约出来，她要一个个收拾了，让他们怕，让他们自首，让他们赔钱。魏靓见杜桂香鼻孔里冒火气，心里忐忑，怕一桩事未了又再惹祸，紧紧拉着杜桂香——大妈这暴脾气，若将哪个人揍出个好歹，最后的责任还不是得落到她和她哥头上？况且她自己的窝囊事，也不愿让更多人知道。杜桂香气她胆小，劈头盖脸地骂她“软柿子”“没骨气”“倒贴货”。

杜桂香在郊区租了一间30平米的农民房，离出事的马路有两公里，离魏靓家六公里。魏靓知道，杜桂香住的地方再往东两公里就是女子监狱，她小时候总能在清晨听见女犯们出工干农活的口号声，如今女犯们都在高墙里踩缝纫机了。这让魏靓有些愧疚，想想杜桂香坐牢这么多年，出狱了也没好去处，只能继续挨着监狱过日子。她怪自己没什么能力，不然还能在赔偿款方面爽快一点儿。

“怕不怕你哥知道？”两人坐在公交车上时，本来打着小呼噜的杜桂香，闭着眼睛忽然问了这么一声。不等魏靓反应，她又睁开眼睛，瞅着魏靓，眼睛里满是威胁的信号。

魏靓不答话。公交车到站了，她铁青着脸，慢吞吞地搀扶杜桂香下了车。眼前是一片杂草丛生的旷野，两三栋红砖矮房子淹没在毛茸茸的洼地里，再往东就是女子监狱的高墙电网。

杜桂香给魏靓指了指方位，两人朝一栋红砖房走去。钥匙搁在墙角一盆仙人掌底下，魏靓开了门，一阵灰尘从门缝里扬出来。

杜桂香从窗台摸出包烟，点了一支，对魏靓"啧啧"几下嘴："不想我把那件事讲给你哥，你必须干好两件事：第一，尽心尽力照顾我，直到我能跑能跳；第二，等我腿好了，带我去收拾那三个浑蛋，不要让我手痒痒难受。"

魏靓瞥了杜桂香一眼，乖乖将门打开。屋内像烧瓷的窑洞，四处堆了杂物。魏靓仔细瞅了瞅，震惊了：床边整整齐齐码了十几双新鞋、十几套洗护套装、十几包卫生巾，跟商铺货仓似的。

杜桂香是 4 月 22 日出狱的，被魏靓撞伤之前，她已经在这间屋里住了半个多月。她每天 8 点起床，洗脸刷牙，电饭煲里煮点稀饭，慢吞吞地吃下，洗洗衣服，再做一套广播操，9点准时去监狱门口“上班”。

这个时间的监狱会见室门口，站满了女犯亲属，他们拎着大包小包，有人带着零食，有人备齐生活用品，期待自家亲人能将“刑期当学期”的，会捎带些书本。杜桂香趁着身旁出入的狱警不注意，贴到亲属们跟前，逐一询问：“家人在几监区啊？没带身份证的，有东西不好捎进去的，非直系亲属也想进去的，我里面有熟人。”

早几年，每个监管场所门口，都有几个黄牛做代办探监、代交物品的生意，但现今推行创建文明化监管环境，这些通常能“攀关系钻后门”的黄牛早被清理整顿了。杜桂香是在假扮黄牛，既想骗钱，也想骗东西。

那天，杜桂香撞见个缺牙老头，瘦高、秃顶、病恹恹的，“面孔像一块巴掌大的枯树皮，眼眶凹陷得叫人后怕”。老头提着一袋子零食、一袋子生活用品，呆立在会见室门口，不敢进去。

杜桂香贴上去悄声问：“老兄弟，进不去吗？”

她这一探听，才知道老头在跟高墙里的女儿

闹矛盾。

老头原是凤翔镇开烟酒店的个体户，老婆在幼儿园当保育员，女儿大学毕业后应聘，当上了国企的会计。2008年股市大跌，老头手上的股票蒸发了30万元，他鬼迷心窍，怂恿女儿挪用50万元公款帮他加仓抄底，结果几个月后股市一路见底，他无奈将烟酒店盘出去，才补了女儿的账。账目虽填平了，但时间拖得太长，挪用公款的事败露，女儿获刑14年。老婆为此跟他置气，他大男子主义脾气上来了，甩了老婆两耳光，老婆跑回乡下的娘家，想不开跳了河。

女儿恨他，在监狱里十年，只跟他见了四面，每次都不说话，眼泪哭干了就回去。每个会见日，老头都出现在会见室，女儿拒绝会面，他就灰溜溜地从会见室出来。

杜桂香听老头说完，心软了，一时忘了自己冒牌黄牛的身份，拍胸脯让老头放一万个心："我真要脸皮厚点儿找找人，这事应该能办妥。"

杜桂香想到的"关系"，是以前的卢队长。那是个很有亲和力的中年女狱警，热衷于公益活动，杜桂香在她手下改造了很多年，亲眼看着她的警衔从

“飞机杆”涨到“两毛二”。

她想请卢队长吃顿饭，但被人家的笑脸挡了回来。她又托卢队长将物品捎给老头的女儿，卢队长给她讲现在的新狱规，说不能替犯人私传物品，转而又查问她出狱了不回家，怎么还在监狱大门口晃悠。

杜桂香有些心虚，只能将一堆物品带回住处。

不承想第二天，那老头又出现在监狱门口，手上仍旧大包小包，也不问她前面的物品捎进去了没，只将新带的东西往她手里塞，顺手还贴给她600块“劳务费”。周遭站着一圈女犯亲属，为了“生意”还能做下去，她不能拒绝老头，只能拍胸脯下保证：“小事情，都能搞定的。”

后来，老头连着来了四五趟，带来的物品在她床脚边堆得像座小山，“光卫生巾就十几包”。杜桂香心里气得骂老头寻死鬼，“这是打算多久不来了，要一次性送这么多东西”。

“这些东西拿到集市上摆摊，也能挣小两千块钱。”可杜桂香几次想去卖，心都慌慌的，便原封未动，搁在床脚。她发现自己心态也不好了，到了监狱门口，竟然怯生生的，不敢再去和家属攀谈。

再往后，她就被魏靓那辆“闯鬼门关”的摩托车撞了。

9

杜桂香的脚能自己走动后，成天逼魏靓：“你勾他们出来。”这话说得魏靓又臊又气，怎么能用“勾”这个字，把她当成什么了？

两人又较上劲儿了，杜桂香要夺魏靓的手机，魏靓拖个哭腔大喊：“你凭什么多管闲事？撞了你算我倒霉，我哥赔不起，我才 18 岁，以后日子还长呢，大不了我养你的终身，打工的钱都贴你……你凭什么管我的事？我不要再想那件事，一辈子都不想不提，就当天上打了雷，劈我脑袋上了，我活该做个烂女人……”

“我不管你愿不愿意，三个恶人今天糟践了你，明天就得糟践张三李四王二麻子，我杜桂香不制伏他们……”

一天，门外忽然来了人，问：“杜桂香在吗？”

杜桂香一个激灵——这副细哑嗓音，是卢队长。上次卢队长查问她的狱外情况，把她心里就弄得七上八下的。出狱前，卢队长帮杜桂香争取到了一个“出监学员模范奖”，有1200块奖金，还让她参加了服装设计培训班，签了一份“狱外遵纪守法保证书”——那保证书不是白签的，眼下卢队长突然造访，怕不是什么好事，“自己当黄牛的事要被她晓得了，这可是件可不得了的事”。

“这么热的天，你披件牛仔外套呀？”

杜桂香试图将卢队长挡在屋门口，但她的腿脚不灵便，被卢队长这么一说，她发现自己真是慌张了，竟穿错了衣服，后背立刻冒了一阵汗。

“这小丫头是你什么人啊？”卢队长在屋里绕了一圈，走到床边去翻那堆物品，瞥了魏靓一眼。

“我外甥女，我弟弟的女儿，我这不是腿伤了，让她来照顾我几天。”

“知道你伤了腿，我就是不放心，打听到你住这儿，过来探望一下。”

杜桂香心想，这卢队长真通神了，怎么能知道自己伤了腿？卢队长好像知道她的心思，顺嘴解释一句："你这号犯过重罪的，是要受到地方上监管的，别说你出车祸这么大的事，就是你私底下的一些小九九，我都清楚着呢。"

说完，卢队长便抓起一包卫生巾，注视着杜桂香。

杜桂香不敢与卢队长对视，慢吞吞地将屁股沾在床上。卢队长将东西抛到她胸口："你前年不都绝了吗，怎么在屋里囤这些东西？"——女监每月给"三无"（无接见，无汇款，无来信）服刑人员发放妇卫用品，杜桂香从前年开始就没领过。

"我的。"魏靓给杜桂香解围。

卢队长瞟了她一眼，问："用这么多？"

魏靓机灵地回答："我朋友圈做代购的，这牌子很好用，卢队长可以拿几包。"说完，双手还使劲比画了一个大圈，意思是屋里所有东西都是她的货品。

卢队长哑了一会儿，没什么好盘问的了，临走时，掏了200块钱搁在桌子上，杜桂香哪儿好意思要，拼了力气要塞回去。

"这是礼节，来看伤者，必须的，我已经空手来的，按理说还要带牛奶、果篮呢。"

卢队长这么一说，杜桂香不好拒绝了，非要择日请卢队长吃饭。卢队长没答复，忽然拉下脸，严肃地讲：“杜桂香，你别忘了那张保证书啊！”

10

魏靓总算找到了杜桂香的软肋：“您一把年纪了，就别行侠仗义的了，弄不好又要进去，真要把那几个人打出个好歹，能跟卢队长交代吗？”

杜桂香火冒三丈，朝魏靓吐了一口老痰：“你个小丫头，对那三个畜生倒狠不起来，对付我这个伤残病号倒蛮有脾气，你个欺软怕硬的东西！”

魏靓被这话刺激了，抹布一丢：“你再这样，我掉头走人了。”

杜桂香不服软，抓起身旁两包卫生巾朝魏靓砸过去：“滚！活得一点儿骨气都没有的东西，给我快点儿滚！”

有一包卫生巾砸到魏靓左眼睛了，本来她不想哭，但挨了这么一下，眼泪控制不住的，哗哗地就流下来了。杜桂香也觉得发火过头了，小声劝着："哎哟哟，我不小心啦。"

魏靓蹲下去，抱着脸，一边大声哭一边嗡嗡地喊："我有苦衷的，我有很多很多苦衷。"

除了觉得对不起大梅，实际上，魏靓还有另一个难言之隐：邻居朱大爷，是她老爹的牌友，当过小学代课老师，镇上多半年轻人都是他的学生。后来合并校区了，他就在实验小学烧开水，魏靓兄妹俩很尊敬他，从小到大，回回见面，仍旧一嘴一个"朱老师"。朱大爷之前也常帮衬兄妹俩，修桌、买煤，偶尔还送些蔬菜过来。魏靓她哥脖颈动手术，朱大爷的老伴也帮忙不少，煲好几次汤让她捎进医院。

朱大爷香烟抽得凶，两片嘴唇抽得乌紫，一嘴牙齿抽得黑亮，人无论往哪儿一杵，不消几刻钟，脚跟前就是一圈烟头子，刚拿了一年退休金，就撞上个肺癌。趁朱大爷还能挺的当口，魏靓她哥让她煲汤送医院，有工夫就陪朱大爷说说贴心话。魏靓刚去了两趟，朱大爷就像是变了个人似的，老趁没人的时候在她身上捏一把摸一把。有次她在病房厕所忘记反锁门，朱大爷忽然闯了进来，死死搂住她，张大嘴巴啃她的脸，啃她的脖子，再一路往下啃。病房里还有很多人，魏靓不敢叫唤。

“那天在KTV，大家喝嗨了，就玩真心话大冒险，讲‘第一次’。轮到我了，几个人先问我有没有过……哎，我就把这点本来打算守住的秘密讲了……他们也是因为这个才有搞我的胆子了吧。”

魏靓不想让自己的秘密太过扩散，虽然她很清楚，那三个浑蛋会将这些事当作谈资，扩散给100个人，但只要不传进她哥的耳朵里，她就不至于绝望。

再有，她确实收了那三个人的红包，520又是暧昧、不好解释的数字，若那三个人反咬她当卖淫女，可能大部分人都会相信——像她这么一个贫苦家庭出来的女孩子，有大花臂，穿露脐装，肯定会让人先入为主的。

杜桂香心里五味杂陈，眼前这瘦瘦的小丫头片子，又单纯又傻。她开始站在魏靓的立场考虑，觉得自己倒真不能鲁莽行事，以暴制暴，收不住分寸，将谁打出个“伤害”，坏人占了理，她得“回笼”，得赔偿人家医药费，魏靓那倒霉的穷哥哥怕又要在身上劈两刀了。再者，小丫头的名声真的被传臭了，以后在本地就蛮难出嫁落户了。“报警是没意思的，这小丫头已经错过了时机，什么证据都没了，报警只能令她更难堪。”

要跟这三个流氓玩阴招，杜桂香就要找准他们的命门下套。

杜桂香曾在狱内为一个狱友出过头。那女人叫张甜，大伙儿都反着叫她小咸。小咸虽前面受了苦，但后来不争气，出狱后又跟着别人玩起了仙人跳，等杜桂香 19 年牢蹲完，她已经五进宫了。不过，小咸很敬重杜桂香，服刑期间非要认她做干姐姐，杜桂香看不上这号人，总对她爱理不理，小咸出去后写了几封信给她，她也没回。

搞男人这种事，杜桂香觉得非要找小咸这号人帮忙。

11

杜桂香已经一天一夜没回来了，她只有一部老年手机，拨通了号码，传来欠费的提示音。魏靓充了30块话费，结果仍旧欠费。

魏靓就觉得到了该离开的时候了，关于赔偿款的问题，她准备让她哥来跟杜桂香谈，她要赶紧出去挣钱。

夜里，魏靓忽然被一阵急促的敲门声震醒了，刚开了一条门缝，七八个警察闯进了屋内。一位高个警察抓住了她的上臂问："杜桂香呢？"

一群人迅速分散到了屋子各个角落，哪儿哪儿都瞅了一遍，开始清查屋里的物品。魏靓不知发生了什么大事，但半夜来了这么些警察，她心里慌得要死。一个警察将那十几包卫生巾都拆开了，里面是一小卷一小卷的钞票；有警察又将十几双鞋底拆开，里面也藏着现钞。魏靓吓坏了。

警察将这些物品搬到了车上，而后又蹲守到黎明，但杜桂香依旧没有回来。警察告诉魏靓，见了杜桂香赶紧劝她投案自首。监狱门口那老头得了胃癌，自己放弃治疗，将家里的存款都藏在捎给女儿的物品里，岂料遇到杜桂香这个冒牌黄牛。老头报了案，这件事的性质就变了——杜桂香涉嫌诈骗罪，要蹲局子去了。

等到第二天中午，杜桂香才垂头丧气地回来了。两人刚碰头，魏靓就绷不住了："你快跑呀，警察要来抓捕你呢！"

杜桂香见屋里空荡荡的，转身便问："我的东西呢？"

魏靓费老大劲儿才给杜桂香讲清楚，杜桂香有些抓狂了，嘴里嘟嘟囔囔地讲："真被讲中了，八字行枭运呀，命格天冲地克呀！"——杜桂香刑满前一天，值夜班的犯人非要帮着杜桂香排八字，排出来的结果很不妙，犯人叮嘱她出狱后踏实一些，不然必将大祸临头。杜桂香不信，骂那个犯人是嫉妒她。

现在，犯人的话一语成谶了。她寄予了无限希望的小咸，根本帮不上什么忙，而自己千担忧万操心的，还是莫名其妙地犯了罪。

"一年牢是坐，十年牢也是坐。"杜桂香的一双脚就不自觉地迈了出去，魏靓在身后追了几步，杜桂香冲她喊道："回家去吧，我去解决我自己的事。以后有良心的话，给我往里面捎几封信。"

杜桂香站到网咖门口时，先朝手心吐了口唾沫，使劲搓了搓。她径直走进去，瞅见正沉浸在游戏中的大脸，“和手机里的照片一个丑样”。她站到大脸身后，盯着那颗毛茸茸的脑袋，将右手举过大脸的头顶心，狠狠劲，猛力劈了下去……她铆足了劲继续劈打，打到两只手指甲劈了，瑟瑟发抖，心里方才痛快……

魏靓是第二天下午得知杜桂香被拘留的。她心里揪着痛，一步步地往杜桂香的农房走。屋内被警察翻得一片狼藉，魏靓拿起笤帚，打扫了一通，窗户擦得锃亮，门里门外的拐拐角角也拿着抹布抠干净，不知道累似的。

一下午的时间在不知不觉中耗尽，等到了傍晚，一个瘦瘪的影子从门口折了进来：“你到底是杜桂香什么人？”

卢队长一身警服正装，沙哑的音调透着股威严。魏靓面对这么个人，没撒谎的本事，一五一十地将事情都说透了，说得号啕大哭。末了，她将一切倒霉事归罪在自己身上，反复痛骂自己是“烂货”“沾谁谁倒霉”，然后拼了命地朝卢队长鞠躬，求她千万保护一下杜桂香，别让她再进牢里挨苦头了。

卢队长长吁一口气，抚了抚她的后背，讲：“现在杜桂香没回头路了，她诈骗的事，故意伤人的事，都已被公安局查清楚了，只是判多判少的问题。”说完，摇晃了语无伦次的魏靓几下，催她回家——天快黑了，要没公交车了。

魏靓锁好了杜桂香的屋子，天上打了几个闷雷，田地里冒出一股土腥味儿，夏末的雷雨说来就来。魏靓的身体被豆大的雨滴砸僵了，脑子却还在飞速运转：怎样能少判她呀，她为我的事再进去，怎样能帮她少判几年呀……

“我吃再多别人的亏，吃大脸的亏，吃朱老师的亏……我都不想让别人吃我的亏。我哥吃了我的亏，大妈也吃了我的亏，连死去的大梅也吃了我的亏，她可是我最好的小姐妹，我竟然和大脸那样……我活该的，我好难受的……”

魏靓恨自己从小到大一直胆小——要不是大梅的鼓动，她才不敢文一条大花臂，才不敢把“鬼火”摩托开得震天响——她不敢的事太多了，她小学五年级时，老娘刚跑，几个同村男孩子课外时间取笑她、欺负她，“那一年所有的课余时间都是躲在厕坑上度过的”。还有一回，一个女孩抢走了她脖子上的项链，那是老娘遗落的，乡镇赶集时小饰品摊上的东西，不值钱，但她想老娘时就会戴上。在厕所湿漉漉的瓷砖地上，她朝那个女孩跪了下来，女孩心软了，将项链还给了她。

想着这些事，她忽然就下定决心了，既然从前为了一条项链都能向欺负自己的人跪下去，“我这么没骨气的人还要什么脸面”，为了自己的良心，为了大妈，她也可以朝伤害自己的人再跪一次。

12

卢队长去所里了解情况，看看杜桂香还有无从轻处理的可能。

警员让她帮忙联系犯人亲属，一方面确认物品，另一方面配合立案工作。卢队长一听，完了，杜桂香十有八九得“二进宫”。

她去拘留室见了杜桂香，问她怎么回事，出来了不学好。

杜桂香不以为意，说进去不是坏事，里头热闹，当务之急，她想把那老头的东西捎进去，让他女儿劝她老爹治病，“这种病早治早好，不治死得早”。

卢队长气得要命，问杜桂香还记不记得那张保证书，有没有意识到自己犯下两桩案子，短短几个月的出狱时间，就这样，该不该反省，要不要检讨。可杜桂香反倒讲起了条件：“你帮我把东西捎给7监区教导员，把病老头的事跟她反映反映，病老头女儿就在7监区，让她劝劝自己老爹，这是人命关天的事。”

“你诈骗的这些东西，现在都扣在所里，谁给你捎都捎不进去，定了数额，立马要判你刑的！”

卢队长帮杜桂香写了一份600多字的检讨书，去单位复印了几十份，通知犯人亲属确认受骗物品时，一人发了一张。她不知道这能起多大作用，但这是唯一的办法。同时，她也找7监区的教导员聊了聊，教导员答应劝说让老头的女儿跟他视频会见一次，双方缓和一下关系，该治病的治病，该改造的改造。

狱方把杜桂香诈骗钱物的事告诉了老头，通知他去派出所确认物品，并配合报案取证工作。老头却说身体不行，去不了，而且还要撤案，说自己夹藏在会见物品里的钱都是提前和杜桂香商议过的，只是杜桂香做事太慢，他怕杜桂香没送进去的门路，才着急上火报假案的。

警察警告老头，报假案要承担法律后果，老头哼哼一声，说我反正是胃癌晚期了，什么狗屁后果。

与老头持同样想法的犯人亲属很多，大伙儿接到通知，又看了杜桂香的检讨书，大多数人不想为这种事较真儿，想想高墙里的亲人，心底就多出一份宽容和大度。

最终，杜桂香的诈骗案被撤销了。

在人民医院治伤的大脸也忽然消失了，警察联络不上人，也没法走伤情鉴定的流程。杜桂香在看守所羁押了37天后被释放了。魏靓她哥赔了杜桂香3.5万元，魏靓没露面，说去外省的服装厂打工了。

杜桂香在看守所门口的小饭馆请卢队长吃饭，她喝了点儿啤酒，对卢队长讲：不痛快。

卢队长问她怎么就不痛快，两桩案子都没判，可捡大便宜了。

杜桂香唉声叹气：“我杜桂香就没半点儿好的地方吗？”

卢队长不吭声了，好半天才讲：“杜桂香，你骨气还是蛮多的……”

后　记

魏靓得知杜桂香获释后，一直不敢联络她，“肯定骂死我的，骂我是没骨头的东西”。

后来，杜桂香买了智能手机，要学着用微信，从魏靓她哥那儿要了魏靓的微信，这才加上了。也没骂她，只是讲：“你软归软，但也蛮多勇气的。”

杜桂香心里有数，小丫头为保全她，她肯定做了很不容易的事。“认她这个干女儿了，趁着还能忙活，我得给她存点儿嫁妆钱。她这种软绵绵的性格，没点儿嫁妆，以后要受欺负的。她哥赔那 3.5 万元，我一分没动。”

9

和成功学女骗子的9天『恋爱』

我的狱友老胡今年52岁了，活大半辈子，一直是个单身汉。

他因销赃罪入狱4年，眼下在无锡旅游区跑人力三轮，休息时间也不愿在家待着，常坐在一家药店门口看电视。那家药店为了吸引老年人，在门口摆了几个破沙发，装了一面广告大屏，经常放谍战片，有时放到夜里12点，流浪汉也聚过来看。

有一天为了抢座位，老胡和流浪汉打了一架，流浪汉们以多欺少，他吃了败仗，掉了颗牙，只得回家喝闷酒。

老胡跟我说，自己喝了没一会儿，屋里忽然进来个女人，问他吃不吃猪油馄饨，然后笑嘻嘻地钻进厨房……当然了，挨打是真的，那个女人却不过是老胡的一场醉梦。

1

老胡踩人力车每天进账小200元，这收入养活他一个老单身汉绰绰有余了。

2019年8月，老胡与我在一个公园会面，他的人力车就停靠在公厕墙角。这辆三轮自行车造型独特，龙头和客座焊接了四根弧形钢管，撑起一顶蓝色遮阳棚，油帆布的棚面防水耐脏，夏季少雨，棚顶积着厚尘，客座位置还安了两盏小吊灯。

老胡将车停稳，瘦小的身影一颠一颠地朝我走来。

他的右脚早年因伤被截掉了三分之一脚面，当年他在一家铁芯厂当保安，夜里抓偷铁贼，脚卡在一堆零件里，挨到天亮等人搭救，他的脚已经废了。

“那你蹬车怎么吃力呢？”我给他送火，搭上腔。

“用脚后跟。蹬车不碍事，走路吃力的。”

老胡是捍卫厂方利益才受的伤，那时候铁芯厂老板厚道，一次性发了奖金和伤残补助金小40万元。领到这笔钱后，老胡保安的工作也不想再干了，他准备休养一阵子，寻个老伴儿成个家，再张罗个夫妻店，余生就过得轻巧体面一些。

9年前，老胡43岁，单身单到在老家丧失了颜面，“实在待不住了”。除了个儿矮、皮肤粗糙外，老胡五官尚端正，模样也不失英俊，尤其是两撇剑眉，“像那个坏㞞吧，湄公河惨案，那个什么金三角刘德华

（糯康）”。

老胡的老家在安徽的山里，经济条件不好，但比他条件还差的老乡——聋的、哑的，都能寻到女人，还有喝完酒打飞老婆眼珠子的，出来了也有本事再结婚。他却因为老实，成了十里八乡出了名的“呆头鹅”。

老胡老实，年轻时也做过大胆的事。他本有个好前途，跟当地一个做红木家具的匠人学手艺，却被师傅抓住了偷钱的把柄。

手艺没学成，他就被师父撵回了家，后来学修自行车，家里给他说了一门亲。女方马马虎虎，各方面都跟他挺般配，谁知道就在要成事的当口，发生一件想都想不到的事情。

一天，一个寡妇送来一辆自行车修理。那车毁得难看，要修个一天半的，约好隔日取车，寡妇就回去了。老胡将那辆车拆成几块，忽然发现车垫里藏了一块小金条。

寡妇的死鬼丈夫是醉酒夜归时骑自行车掉湖里淹死的。寡妇在镇上的作风不好，小金条是男人藏好的私房钱，天天焐在屁股下面，结果却无福消受。

老胡年轻时因为偷钱败过名声，眼下这门亲事好不容易讲出点儿样子了，他还想不如再争当个拾金不昧的好人，说不定能上个报纸，被镇乡领导表扬，寡妇再给车铺挂面锦旗的——总之，他要让女方相信，他老胡是值得托付终身的人。

可惜事与愿违，他这标准意义上的“拾金不昧”却成了让女方牙根发痒的难言之恨。准丈人寻到车铺，指着他的鼻头骂了一声“呆头鹅”，从此，他这外号在小镇上便响当当了，女人一个也不挨边。

大家伙儿都笑他是将金子当黄铜的憨包。

“我今天在这里讲个没和任何人讲过的秘密。年轻时偷师父的钱，我不是手脚不干净，我是帮师傅女儿顶包的。那小丫头我很喜欢，但我和她搭不上的……我也不后悔，到底了，也就认自己是和尚命了吧。”

老胡的“和尚命”在与王姐相遇的那一刻终结了。用他自己的话讲，就是“压在五指山下的猴子遇上唐僧了”。

那是2010年6月末，公园的4亩荷塘里，荷花都争着冒尖。到处都是端着蒲扇的孤独男人，一些男人敞着胸襟，露出光亮的肚皮在拱桥上踱步，有人在等棋搭子、牌对家，也有人望向不远处跳广场舞的妇女，一嘴一嘴地抽烟。

老胡在拱桥上呆望，忽然眼前一黑，一只黑色大书包从眼前擦过。仔细一瞅，一个丰腴的女人挨到了他身旁。这女人穿着白衬衣，汗出多了，黑色文胸从胳肢窝那儿透了出来，肤色不太均匀，脸和脖颈是小麦色。

“大热天，背这么大只书包啊？”老胡搭讪。女人不吱声，白了老胡一眼。

“雀斑蛮多的，30出头，总体不难看，得劲儿。”老胡后来说。

那段时间，老胡想着自己银行里存着40万元，小日子都要飘起来。原本一个见女人就害羞的老单身汉，一双眼睛简直肆无忌惮了。

相亲会去了十几趟，有位小老胡15岁的农村离异妇女铁了心地要跟他，他嫌人家一双腿太粗，胖得不见腰身，于是将该妇女列在“考察期”内。先到人家那里吃了几趟白食，人家还帮他洗过脚，尤其是那半截右脚，更是被捧在手心里洗得好认真……

一切都顺顺当当地发展着，老胡几乎快要下定决心，开始盘算起婚事的开销了。可就在这个当口，他遇到了王姐。

如果那天没有一些外在条件，可能后来的事也不会发生。比如老胡不端着那把破蒲扇，或者像往常那样先去围观两局棋，他也就不会做出那么轻佻的举动——用一把破蒲扇撩开一个女人的短发。

王姐的半片头发被掀开，老胡吓了一跳："这位有模有样的小妹妹缺了一只耳朵哪！"

他先是吃惊，随之心头一颤，一瞬间又有些惶恐愧疚。

王姐骂他二百五，扭身去了桥对面，离他几丈远。他一颠一颠地追去，王姐骂他神经病，他站在几米开外的位置朝王姐讲话，"小妹，我脚也是废掉的人，不会笑话你的……我无心那样做，跟你道歉……"

王姐打开书包，里面塞满整盒的签字笔，冲老胡扬手，说真要是诚心诚意地认错，就帮她代销点儿笔。老胡上前拾起一盒笔，困惑了。

他没什么文化水平，以前在生产队上过几天夜校，名字练得比较漂亮，简单的算数也没问题，但他这辈子还真没买过整盒的笔。

“我请你吃饭吧？”他话音刚落，王姐一把夺回笔，塞回书包，眼睛瞥向别处，手只顾抬着挡着。那意思很明显，让老胡走开。

“那你这些笔怎么卖？”

“38 块钱一盒，买一盒送一盒。”

“书包里一共多少盒？”

老胡那天摆出阔绰老板的姿态，掏了 7 张百元大钞，买光了王姐那一书包的笔。

他其实是在耍心机。若只买一两盒，他没把握能把王姐往自己的住处领。这一书包笔就在王姐的背上，老胡成了买主，王姐自然要把这包笔送上门去。

2

虽然后来老胡为王姐蹲了四年牢狱，但迄今他依旧时常怀念这个危险的女人。谈起那段日子，老胡灰黄的眼睛就像是被什么东西点亮了似的，整个人先生气一下，然后又不生气，嘟囔着说："她有野心的，要成功、当女老板的。"

那天，老胡买了700块钱的笔，王姐送货上门，老胡便"老实人学滑头"，没规没矩，咸猪手试探了一番王姐。

从前半辈子，他没胆量用这种样子接触女人，如今的底气是那半截脚换来的40万元。这股底气很不受控制，不时将他个好端端的老实人变成另外一番模样：钱到账的头一宿，他躺在亮起粉红灯泡的足疗房里，双脚高高架着，498元一个的钟叫了两趟；进海澜之家买套西装，售货员当他是沿街行乞的流浪汉，他用刚取出来的几千块现钞甩打人家的肩头，4个售货员，一人发了一张……好多好多夜里他躺在床上睡不好，哪条街亮了粉灯，他就寻到哪儿去，"见惯了大场面"。

老胡的手游走到王姐腰腹上，说："你这一身汗，你看看，什么都透精光。"王姐纹丝不动，任由老胡占尽便宜后，轻飘飘地来了一句："你这人要倒大霉的。"

“处处朋友，至于讲这么触霉头的话？”

王姐说：“你也不问问情况，我家里头什么样，就这么一顿上手，你总有一天会被别家的老公打破头。”

老胡更加高兴了，一张面孔都笑迷糊了：“你这么关心我，肯定对我有意了。”王姐打掉他的手，他顺势捉住王姐的手，抬高音调喊，“你跟我处对象，你以后用不着大热天干这种苦差，我钞票不多，但也够你过舒服日子的。”

王姐甩掉他，站开一些，严肃地讲：“你别小看了我这份事业！”然后她认认真真地递出一张名片，上面写着“××文具公司销售主管王×”，又认认真真地说，“你想和我处对象，你就要帮帮我的事业。”

2019年11月12日清晨，在一间约一百平米的简装写字楼内，三十几名文具销售员围在一台播着嗨曲的电视前。

他们手舞足蹈，啸叫着扭动身体，互相击掌，像出征前完成一项鼓舞士气的仪式。之后，所有人都以一副激情四射的样子开启了一天的工作。

接到这家公司的复试通知后，我也在这天早晨站进那片人声鼎沸的空间里。

自从和老胡见面后，我一直对9年前王姐口中的那份“事业”很感兴趣。可是，老胡对此一无所知，我查到后便专门来此面试。

在入职的第11天，我发现这家公司似乎并不是个骗子公司，或者从我的角度来看，它是用一种更巧妙的骗术——公司用成功学规避了诸多法律风险，然后疯狂压榨劳动力，坚持好多年不付工资，再完成自己在十几个城市开设分公司的“伟业”。

到底是怎样一种运作机制，又有多少个疯狂销售员的故事值得被讲述？

9年前的王姐至少是其中的一个。

正经算下来，老胡跟王姐只相处了90多天，从2010年7月4日到10月2日。他那间40平方米的小屋至今仍保留着2010年的手撕日历，但对于王姐的真实情况，他起初知之甚少。

2010年7月4日是个星期天，作为文具公司的行销主管，王姐一周只休一天。这天，她应老胡的约，第二次来到这乱糟糟的屋里。她依旧随身背了一书包笔，手里还提着一个购物袋，里头也是笔。

老胡在厨房里张罗着，弄好了鸡和鱼，蔬菜也洗好了，菜单是王姐发到他手机上的，叮嘱他洗菜配菜，然后要来亲自操作这顿饭。

老胡见王姐进了屋，赶忙出来帮着摘下那只黑书包，拎在手上掂量了一下，说能有小30斤，又害他掏了700块。王姐将购物袋也交给他，说这儿还有300块钱的货，给你凑个整数，然后抽了老胡的围裙，钻进了厨房。

老胡乐呵呵的，追到厨房掐了一把王姐的腰，说她蛮好一套生意经，都要处对象了，还这么能搭销业务，本事不得了，将来恐怕要被她削干净"棺材本"。王姐推他出去，开了油烟机，那破烂机器的声音好久未曾响动，老胡听得心头温暖，舍不得走开，蹲在门口，嗅着阵阵香气。

老单身汉最怕饭点。老胡少有进厨房的时候，以前总吃单位食堂，眼下不工作了，挨到饭点就去街巷的小饭馆。偶尔在厨房造一餐伙食，碗筷就会在池子里泡到发霉。而那厨房，一进去，老胡的心口就聚上一股驱不散的苦寒之气。

这一天，老胡的厨房里烟火缭绕，一个忙碌的女人，"叮叮哐哐"地响动，一盘盘刚出锅的热菜……那是老胡美梦成真、一辈子忘不了的时刻。

该发生的都发生了，两人的午觉睡到傍晚，饭桌上烧酒还剩小半瓶，老胡起床了又坐过去喝，王姐自己也满上一杯，两人碰了碰。喝完酒，王姐问开心吧？老胡点了点头。王姐又问，你一张黄牙嘴，讲出来的话能算数吗？老胡搂住了王姐。

王姐的事业，老胡答应了要帮忙。等王姐开了公司，当了老板，她也答应和他扯证。

7 月 4 日就是两人签署“身体合约”的日子。

3

这家文具公司为销售员们设立了“公正”的职位上升通道。一名销售员当月业绩突破 1 万元，次月可晋升主管；主管可以收徒，徒弟超 5 人升级为队长，团队每月业绩超过 5 万元，半年后晋升为副经理；副经理设有半年业务培训期，期满可挑选其他城市开设分公司，前期费用由上一级老总承担，分公司的业务利润老总要抽取 20%。

那天，我站在这家文具销售公司的大厅里，忍受着一群比我年轻 5 ～ 10 岁的销售员们的大吼大叫。大厅的劣质地板发出“砰砰砰”的跺踏之声，销售员们穿着廉价的西裤衬衫，每个人都要轮流跳到人群中间，完成专属自己的出场方式。

大部分人的动作都十分滑稽——有一位肥胖的女销售员做出高难度的拉弓动作，甚至崩掉了胸口的纽扣；一位年轻的主管一直大幅度地扭胯，吼了足足 5 分钟，用带有乡音的土味英文喊着“够！够！莱斯够！”他始终没有发现自己的裤门大敞，斜出一角深紫色的内裤……

他们的激情令我惊讶又尴尬，毕竟在我的生活经验里，除了撒酒疯、蹦迪，从未见过一大群人在清晨如此疯癫狂躁的画面。

很快，我就被一个高大的男子拉进了人群，大伙跟着节奏扭动身体，朝我伸着手掌，我跟他们挨个儿击掌，身体不得不小幅度扭动。也有两个一同来复试的女孩被拖进了人群，她们显然无法快速合群，两人满脸通红，不知所措，有一个女孩甚至像鸵鸟那样捂住了脸。

嗨曲播完，所有人分列两排，一位瘦高的中年经理从办公室出来了，所有人热烈鼓掌。经理穿着笔挺的西装，端着无线麦克风，跑了几步，在队伍前头刹住脚，举着麦冲两三个销售员咆哮，发出“喔喔喔”的浑厚声音，销售员们也跟着咆哮，疯狂鼓掌；经理又冲到后排，同样盯着几个销售员，眼睛瞪得极大，话筒里有喘气声。

他来回跑了四五趟，两排队伍发出的掌声要掀翻天花板了，声浪令人惊恐，所有销售员的神情似乎都要燃烧起来。

我站在东南墙角，那儿有一台半米高的饮水机，经理咆哮着冲到我面前，我被他那张青筋暴起的面孔吓住了，稍稍退了半步，撞倒了饮水机，好在水桶是空的。

我快速弯下腰，将饮水机扶起。经理忽然拽住我的胳膊，将我拖到了队列中间，冲我咆哮道：“你为什么来公司复试？”

话筒戳到我面前，我想了一下，说：“挣钱。”

“你为什么去搭理那只空桶，那里面有什么？值得你用这么宝贵的晨训时间？”

我被经理吼蒙了，该不会经理拿我当烘托氛围的工具，要将我赶出这间“群狼”之屋吧？好在一切有惊无险，我只是被经理“上了一课”而已。

接下来是业务训练时间，销售员们的队列瞬间打乱了，他们在这间小屋里挤来挤去，随意拉住某位同事，练习销售话术。

一刻钟后，早晨9点，墙上一台挂钟响了，这是定好的出工时间。所有人都去了楼下的另一间公寓，那是个30平方米左右的文具仓库。每人带着书包、手提包、购物袋，逐一在仓库完成货品申领手续。我和另外两位复试的女孩就在楼道里等着。

经理亲自分发货品，跟每个业务员击掌，鼓励他们做出好业绩。几个稚嫩的女孩被沉甸甸的书包压得狂笑，看起来做足了吃苦耐劳的准备。

她们脖颈之下的肌肤和脸色形成极大色差——这几个貌似稚嫩的女孩显然是公司的老业务员了，她们至少待了3个月——从肤色就可以判断，她们至少经历了这座城市严酷的夏季。

在文具公司待1个月以上的业务员就有机会晋升主管，坚持1个月未离职的人，多半都是被成功学深度洗过脑的。

这类“商业信徒”通常会坚持半年以上，这期间，他们多半会升为“主管”“队长”，少数极度出色的甚至能升为“副经理”——但所有人的待遇并无不同，他们没有固定工资，没有五险一金，只有货品销售的提成。

不过，年轻的行销员们酷爱此类头衔，以及在其中收获的“肯定”“尊重”“归属感”和“责任”。他们大多受教育程度不高，来自乡镇村落，年纪小，工作经历少。公司深谙“头衔效应”的法则，依靠老套的方式，疯狂收割着年轻人旺盛的劳动价值。

货品很平常，签字笔、记号笔和计算器，签字笔的拿货价格是每盒 16 元，记号笔每盒 20 元，计算器 22 元一个，至于最终的销售价全靠销售员的一张嘴。

实际情况并不妙，月度业绩过万的主管实际收入很难超过 3000 元。但也有例外，有人将记号笔以 200 块一盒的价格卖给一位建材市场的老板 66 盒，创下了公司单笔业绩的最高纪录。

那个销售员是“00 后”的女孩，据说装扮性感，擅长撒娇，人也漂亮。她以极快的速度从普通销售员升到了副经理，眼下已去南宁开了分公司。

4

王姐想把公司开在灌云县，那儿是她的老家。

老胡得知这个想法是在 2010 年 7 月 11 日，还是星期天，两人第二次相会时。王姐告诉老胡，自己已经带了两个徒弟，徒弟的业绩也得老胡帮帮忙，她一个月内就要冲队长。

老胡每周又要多掏 1000 元，保证她两个徒弟的业绩，一月的总账就是 8000 元。

文具公司对每日业绩有 3 个考核档："达标"是 150 元，未完成的销员要自己承担伙食费（公司包食宿，住宿条件极差，提供一顿晚餐）；"打的"是 300 元，完成业绩的销售员可以打的回公司，公司报销打的费；"敲钟"是 500 元，完成业绩的销售员回到公司可以敲响一面"荣誉小铜钟"，接受集体的掌声 1 分钟。

吃牢老胡这位“金主”，凭借每周 2000 块，王姐的小团体很能出业绩。因有人托底，小徒弟们搞业务就更放得开了，时常还能去敲敲钟。

老胡也很舍得掏这些钱，他算过账了，撑到王姐干副经理，统共贴不了 10 万块，“10 万块娶个心仪的女人，不亏”。

他掏钱掏得豪爽，王姐也会回馈他足够的“奖赏”，每个周末都是老胡心痒的日子。

从 2010 年 7 月 4 日到 10 月 2 日，老胡和王姐同居了 9 天——9 个星期天——这 9 天构建了老胡余生的全部幻想。

每每想起，总有星星点点的光亮悬在那儿，可终归是一团硕大的谜。老胡曾几次问过王姐的家庭情况，得到的或是狂吻，或是侧身沉睡的呼吸声，有时是一根暧昧不清的、晃动的食指。

某一天，老胡问王姐：“你耳朵是怎么回事？”

王姐反问老胡：“那你臭脚板是怎么回事？”

老胡老实了半辈子，可当着王姐的面，他不知怎么回事，说出的都是谎言——“我救人啊，有见义勇为证书的，脚是被坏人砍了的，国务院给我补助，我吃公家饭。”当然，这只是在真实情况的基础上做了些“拔高”。

他试图让王姐得到更大的安全感：“我老胡的靠山是政府，不是一个搞慈善的民营企业家，我老胡的钱是国库里的英雄基金，不是伤残之后可怜人的救济金。”

老胡吹牛吹得自己都脸红了，王姐也不深究，只说了不起，你胡老头还是个活雷锋，我跟你混在一张床上，也是沾光了。

老胡追问：“你那一只耳朵哪儿去了？”王姐还是不说。

事后，这被老胡认定为一种不祥的征兆——不肯跟你谈伤疤的女人，就永远不是你的女人。但从旁观者的角度看，也可能是老胡在吹嘘伤残经历时露了马脚，令王姐不选择与他交心。

反正对于两个身带伤残的人而言，这算是一次失败的彼此试探。

在百度贴吧的“××文具吧”里，有不少销售员吐槽自己曾经受骗的经历，也有人怀念那段受苦时光里认下的友情，四处寻找昔日走散的伙伴。

我也联系上了一位网友，他于2010年4月到2011年6月在这家公司任职，从销售员干到了队长。我向他打听王姐的情况，刚说出名字，他就不耐烦地跟我强调："这种公司的人员流动性有多强你知道吗？付个千把招聘费，反正也不签入职合同，来一个要一个，入职的员工还要交押金，每个入职的都要先拿一包笔去跑市场，哪怕这个人第二天离职，他也等于买了一包笔。不夸张地说，一年下来，千把人进进出出。"

"王姐是当时的队长，差点儿就开公司了，缺只耳朵，30岁上下……"我不死心地描述着，网友却不说话了。

在公司里，被"树典型"的传说人物还是有几个的。据说，王姐也算其中一个，她未入职公司之前，在小巷里卖馄饨。9年前，公司所在的高楼还插在几条巷弄之间，不少外地女人在这里讨生活，七八家足疗店全挤在这儿"搞竞争"。小巷里摆满了晾衣架，垂吊着湿漉漉的文胸、三角裤和丝袜。

王姐在小巷里有个巴掌大的门脸，她的馄饨卖4块钱一碗，主顾大多是巷里的一群退休老工人，70

岁左右，每天醒得比鸡早，馄饨店刚冒热气，老头们就钻进去过早。

一天，小巷发生一起电路老化引发的小火灾。虽然无人员伤亡，但消防车将巷口堵住了，场面弄得挺大。警察来了，顺带着搞了一场声势浩大的扫黄活动。据说，被抓的嫖客中有个特殊的人——文具公司的经理。

经理被放出来的那天早上，去王姐早点铺吃了碗馄饨，听见王姐抱怨自己的小店跟着火灾、扫黄遭了殃。卫生啥的都不过关，要歇了整改，她一个人挣辛苦钱，整改不起，只能回老家。

2010年秋天，经理对所有员工讲起这件事。他不仅不避讳自己被抓的事，反而宣传自己向派出所办公室推销了60盒签字笔的业绩，他的罚款就是这60盒笔。

他还宣布，巷子馄饨摊的老板娘即将加入公司，和销售员们共同开创“伟大事业”——这说明，公司的魅力无处不在。

5

事隔多年，王姐入职的真正原因已无法求证，也许身处镀金时代，一个馄饨摊的老板娘也渴望一种世俗层面的功成名就，而精神与道德层面的各种失序，也就被漠视了——那个宣扬用业绩充抵嫖娼罚款的经理，依旧收获了信徒们猛烈的掌声。

总之，王姐入职后业绩突飞猛进，一个月升了主管，隔月升为队长。2010 年国庆假期，经理本该为她举办升职副经理的庆祝活动。可在 10 月 2 日下午 3 点，公司布置了活动会场，王姐却没有按照约定时间出现。她在距离公司 400 米的小巷民宅内被警察抓了。

那是一个退休老头的家，老头的老伴儿前脚去公园唱戏，老头后脚就去找向他推销签字笔的王姐。

至于警察为何能在民宅内查证卖淫行为，公司员工提供了一个最说得通的讲法："公司另外一个女队长眼红王姐的业绩，并且早察觉到她那些文具的销路不正常，派几个徒弟查到了她的把柄，等鱼儿养肥了（指王姐升副经理的时机），就举报抓现场。"

10月2日中午11点，王姐还去给老胡做了顿饭。

两人吃了清汤馄饨，是王姐亲手包的，荠菜猪肉馅，还放了猪油和葱花。老胡连吃了3碗馄饨撑了才作罢。

那天，王姐比往常走得早，走前还给老胡泡了一杯茶。茶叶是她徒弟家乡的特产，灰长干瘪的叶子，泡开后清溜溜的。王姐将两包茶放到床头柜上，还用两根手指把老胡嘴里的烟钳下来，“多喝茶，少抽烟，嘴巴臭死了”。

临走前，王姐又转去卫生间洗了头，洗发水是趁超市做特价活动时买的沙宣。以前老胡自己用肥皂，沙宣是专门为王姐备着的……

老胡单身过了大半辈子，记清楚的事不多，但与王姐相处的那9个周末，时隔9年，他几乎每天都会在脑子里重演。他说，除了自己拉车出活儿，大部分抽烟发呆的空隙，那些旧时光都会不经意地在脑海里浮现，而10月2日无疑是最清晰的。

当时，老胡的手机铃声是《爱上一个不回家的人》。王姐离开个把钟头，电话便打了进来，一个浑厚的男中音问他是不是王某的男人。

那时，两人相处已近三个月了，他刚应声，男中音切换成了更威严的语调：“我是警察。”

6

王姐进派出所后，按照治安处罚条例，警察要对她进行行政拘留和罚款，并且通知直系亲属领回教育。但若能交够罚款上限，配合民警教育，当天就能释放，最重要的是用不着通知直系亲属。

王姐出生于1979年，直系亲属有5人，一个是她的父亲，然后是她12岁的脑瘫双胞胎女儿，还有一个是她精神障碍的丈夫，最后一个是失散了的17岁的儿子。

老胡后来才得知，王姐曾是位未成年母亲。她出生在灌云县农村，父母原是草编工人，后来草编制品不挣钱，母亲患病早亡，她很早就去服装厂当童工。

她13岁就和镇上一个大痞子玩得火热，曾因父亲在村里被一条狗咬伤，组织了十几个痞子将村里大半的狗打死。王姐父亲性格老实，挨家挨户赔礼道歉，村民们因他这个“恶霸女儿”敢怒不敢言。

1993年上半年，王姐在医院为大痞子生下一个男孩。当年，当地县郊未成年女孩婚嫁生育的情况非常普遍，尽管王姐的父亲极不情愿，但这老实的手艺人也无力反对。

同年，大痞子伙同4个人在外省犯下了一起绑架案，获刑14年，被关在外省监狱服刑。王姐要筹钱去探监，父亲不准，她就在离家不远的湖域租下了一条篷船，向渔民提供卖淫服务。

不久之后，渔区的女人就把她绑了送到家里，往父女俩身上泼大粪。父亲为了维护名誉、平息风波，取出一把剪刀，当着众人的面，剪下了王姐的右耳。

儿子被送了人，父亲又逼她嫁给表兄的儿子。说等生下孩子、踏实过日子了，再告诉她那个被送养孩子的下落。

2004年，大痞子获得减刑提前出狱了，此时的王姐已经是一对脑瘫双胞胎的母亲。大痞子逼问自己儿子的下落，王姐的父亲说了实话，当年那孩子并不是送人，而是被他卖给了人贩子，一共卖了900块。

大痞子把王姐的父亲打伤，又把王姐的新家砸了，把她丈夫吊在村口的树上极尽侮辱。后来，王姐的丈夫精神出了问题，王姐要撑起家，又干起了卖淫的勾当。

当地派出所抓了王姐几次，老父亲用上吊自杀来要挟她改邪归正。王姐这才学了做馄饨的手艺，出来谋生。

老胡听了王姐的人生故事，觉得也没到让他超出想象的地步。他在乡下见惯了世间难事，只是觉得这些事集中在一个女人身上，确实有点儿多。

他去派出所交了5000块罚款，领回王姐，王姐也跟他交了心。

“她在这个文具公司搞这份事业，是怕有一天找到了那个孩子，没什么正经工作，没什么经济能力，让孩子难堪。她要是当了王老板，孩子也跟着享福……现在的孩子都穿几千一双的鞋，我们这代人是想也不敢想。”那天，老胡在公园里对我说。

王姐的逻辑很简单，这个社会，唯有财富才能黏合很多东西。她幻想着人生的另一场变革，孩子失而复得，自己功成名就，被损毁、侮辱的旧家重新焕发光彩。文具公司就是一道耀眼的光芒，她要奋力扑上去。

眼看当不成王老板，王姐也跟老胡交了底，她不料理好家里那几口人，就没什么心思与老胡搭伙过日子。老胡探到了底，也只把王姐当个可怜人对待了。人过半百，情感的事也实打实地要和现实情况搭在一起算计着来。

老胡可以接纳那个不中看的黑糙寡妇，但无力拿出自己的“棺材本”搭救王姐这样的人。5000 块的捞人费，算是他对这个可怜妹妹的最后一点儿情谊了。但即便如此，他在人家嘴里也已经是“顶好的男人”了。

那天，和王姐分开后，老胡回到自己的住所，发现屋里“水漫金山”——他着急忙慌地出门，忘了关厕所里的水龙头。

水泡烂了床底的那几箱签字笔，老胡蹚过够上脚踝的黑水，坐在床头，抽了一宿的烟。

后　记

2010 年 11 月，老胡和王姐已经有一个月没有联络了。那天，王姐给老胡打了电话，问他借 20 万元应急，说家里有人在重症监护室，钱烧起来救命用的，但不白借，押了一块劳力士金表在老胡这里。

老胡问她东西哪儿来的，王姐只说表绝对保真，可以验完货再借钱，这块表对她有重要意义，千万不能卖。老胡很犹豫，20 万元借款不是个小数，但他经不住王姐的十几个电话，于是约见了一面。

他承认，自己那天有点儿私心，一方面是寂寞了，另一方面是想确认这块表的价格。王姐在他那儿留宿了一夜，当夜，老胡给了她 27000 元，第二天又给她打了一些。

但从此，王姐杳无音信。老胡找了她三个月，头发白掉半片。

2011 年 5 月，老胡转卖那块金表的时候被警察抓了。

老胡没供出王姐。

“没必要，听说丢表的人是个退休干部。口供上我也已承认收赃销赃了，牢坐定了，我再拖她下水有什么好处……她到底了，也不过一张掀翻掉的死牌。我到底了，也算真心实意地爱过她一场。虽然里面还是有些算计，虽然别人讲我老胡是个憨包，但不管好不好，我不怕了。我不比别人亏什么，我相信她到底也忘不掉我，虽然她跟我讲过的没有几句真话……”

老胡对我讲完这段话，已经是傍晚了，我请他在公园附近的饭馆吃了个饭。

天黑时，我们分别，我目送老胡去公园取车。只见他点亮了客座位置的两盏小灯，把车费力地骑进一条黑巷，两盏油火衬得他摇摇晃晃，映到墙上的身影猛然高大起来。

再转眼，老胡的车已经骑到亮如白昼的街面上了。车流中，他的背影渺小得像一颗黑豆，几次晃动，便消失不见。

10

狱中赌神，也是个『冤大头』

1

2009 年 3 月，我领完判决书回看守所的那天，春雷滚滚，雨势很足，装在放风场上的钢网被雨点击得震响。

我当时才 20 岁，已在这个看守所关了 4 个月，因牵涉一起抢劫案，被法官重判了 10 年 6 个月。法槌落下时，只想起检察官的一句话："你这案子要犯在 1983 年，妥妥地吃花生米。"

放风场的铁门忽然被一阵狂风顶开，原来是那把锈锁烂掉了。这座老看守所即将在 5 月完成使命，但我们这些"已决犯"是等不到那天了，大家像老鼠似的一窝一窝地挤在狭窄的号子里，没过多久便会被投送到监狱劳动改造。这些天，大伙儿的身体跟发了霉似的，有人痛风犯了，有人全身皮炎，还有个不到 40 岁的壮汉，突然掉光了牙齿，那二十几颗牙齿被我们磨光，当作打牌的筹码。

铁门一开，眼前亮堂起来，狂风吹得人面孔发麻，大伙儿都兴奋地号叫起来。大雨在风中歪来歪去，眼睛亮的人瞅见雨雾里蹲了几个人。

大伙儿看清了，是四个违规犯，认不清他们的脸，正蹲在放风场上“挨镣”。他们被一截短粗的铁链锁在水泥地上，站不起来，坐不踏实，大部分时间只能蹲着。他们在瓢泼大雨中，一人端着一碗白米饭，埋紧了头，吃相如同饿狼——看来处罚已经持续了一宿。

出来个大胆的家伙，冲到雨里瞅了一眼，又赶紧冲回来跟大伙儿汇报：是发哥。大伙儿一听，用不着打听，都知道了这四人违规的原因。

发哥是监狱内的“名人”，不到30岁，已经进宫几次了，每回的罪名都是涉赌。他原本已在山上（监狱）服刑，又在那儿滥赌，被打回来加刑。

那时发哥对我来说，只是位“耳朵里的人”——我是年前被送来的，那会儿新犯一茬茬被收进来，是管教们一年最忙的当口，腾不出时间抓赌。我进来不久便听人讲起发哥，说这人炸金花赢了一号子的方便面，有个贵州籍的死囚输给他四箱方便面，输出了杀心，半夜用铁链绞杀他，幸亏被值岗人拦阻——这四箱面是死囚70岁的老娘买的，老人家千里迢迢赶来见儿子最后一面，却被挡在了铁门之外，一位心善的女警便帮着买下这些面，捎进来时，纸箱上还有一片未干的泪渍。

各个号子都在打听发哥到底是何方神圣，赌技如此之辣。一条条小道消息像长了腿似的，在各个号子里溜进溜出。

听着这些虚虚实实的描述，我就一个感觉：会耍剑的总免不了疤，若发哥这部分为赌而生，那部分就除不掉劳改命了。

2

我算“牢运”极好的，冬天进来，4月8日“上山”前一天，竟洗了一次热水澡。

各号子的洗澡次序靠抓阄，抓到较小数字的自然沾光，水清且热，若要抓到最大的那个“33”，肯定只能泡那一池污泥水了。号里派我去抓，我手气不好，拿进门一个大数，被大伙儿骂个不休。

“已决犯”有些地位，我抓了一块上海药皂，披着一条毛巾，大大方方地蹲在前头——前头有“风景”可看，女看押区就在百米处的走廊尽头，我们趁管教出神了，都歪头斜脑地看。那边也是这种情况，管教发现了就吼一声：“衰男烂女们还懂眉目传情啊，都给我蹲好！”

蹲着就觉得时间难熬，5分钟就能叫人腿麻，脚力不稳的，还得要靠身边人搀起来。一刻钟后，终于轮到我们进澡堂了，前号的人正好出来，我们这边有眼尖的，忽然小声喊：“发哥啊，发哥调这儿了啊？”

我们都看过去——一个精瘦的矮子，穿黑色保暖衣，外面套着看守所的橘色马甲，卷起的袖子下面露出鼓着青筋的小臂。

发哥瞅了下我们这边，微微点头，神情舒坦，也不知道认不认得喊他的人，只轻声回一句：“你也来了啊？”

两条队伍行进中卡了几秒，又有好些人问候发哥，发哥也礼貌回话，问其中一人：“小官司大官司啊？”

“聚众斗殴，有伤亡的，10年往上跑。”

“那就山上见吧。”

我们进了澡堂，水温尚热，水质却相当浑浊了。雾气朦胧，肥皂味闻着也香，人就都扒干净衣服全往池里跳。好多人都兴奋地撩水，又有很多人乱踩乱动，忽然就闻到一股臭味，有个人叫起来：“卧槽！谁在池子里拉了泡屎？”

所有人都被这一声轰出了池子，洗澡这事儿就到我们这号截止了。

回到号子里，管教在喇叭里做了半天批评，公布了举报渠道，若查证属实，举报人可以领一餐荤的奖赏。

没过多久，就有号子“点”出发哥，大伙儿知道后，又惊又气，没洗成澡的号子，爆出嗡嗡的骂声。

后来查问发哥，何必在澡池子干这种龌龊事。发哥说，他洗澡前赢了一顿外牢加餐，是块拇指长宽的红烧肉，吞进肚子里才去洗澡，岂料身体泡在热水里，肠胃扛不住那一点儿油水。

我到了山上，夏末就被分在了文教监区。那是块劳改福地，不仅没啥苦活儿，甚至还有些分配文教用品的小权力——按分发标准，每个监区每季度有10副象棋、30副扑克牌、4套羽毛球、4套乒乓球。

有一天，我在文教仓库忙活着，进来一个实习警官，门口蹲了两个犯人。警官吆喝了一声“领东西”，我回头一瞅，立刻认出在门口蹲着的发哥。他剃了光头，身体好像比半年前又瘦了。

我本想打声招呼，但想到发哥不一定认得我，便低头接过警官的单据，将上面的东西一样样挑了出来。警官手一挥，发哥跟另外一个犯人就进来取东西。

发哥先拿到手的是扑克牌，他拆出一副，弹了一遍，又弹了一遍，速度极快，手指头又不知怎么动了几次，扑克牌就翻转了又翻转，仍旧整整齐齐，一张也掉不下来，然后说：“这扑克牌的质量还行。”

警官让我多发几副扑克牌，说他们有300多的押犯，搞起文娱活动，这10副牌哪里够。我很为难——按平常规矩是绝不会多给的，但因为算认得发哥，就又多发了3副扑克牌。

3

监狱每年都会整顿几次，有时会被缴去几包烟——烟在这里比钱还好使——犯人花钱是有限额的，按服刑表现来。普通犯人每月只能花100块，买烟只准买半条，瘾头大的抵不住一周。

文教监区大多是职务犯，瘦死的骆驼比马大，各有门路，烟抽得饱，看不上赌来赌去的那点儿小甜头，所以打牌只争个牌技，比张脸面。

“掼蛋”是这里最常见的玩法，这种苏北扑克牌玩法讲究对家配合、攻防合一，技巧性颇高。这个玩法我很早就会，陪着这些职务犯玩，输多赢少，主要衬托“领导们”在牌桌上的威风。这样，逢年过节有人把好烟给他们捎进来时，我的口袋里也能落几根“甜头”。

2011年春节，文教楼举办“文化书市”，不仅卖书，还卖牌、洗头膏、袜子，各监区的犯人都来了，我穿着红马甲在那儿维持秩序。这次书市，犯人的用钱指标是教改科额外批的，只要账本上有钱，就可以在书市上任意选购。抢手的书都是网络文学大部头，书页跟卫生纸一样，价格却相当高，80块一本；牌更加吃香，50块一条，一条20副，犯人们争着抢着要。

场面乱得不能再乱，我便站到结账的桌子上，吼这个吼那个，让众人去排队，又用言语威胁："谁不排队，被狱政领导看见，取消购买资格。"

有人忽然挤到前面，拽了我一下，喊我"小××（社会人对小辈亲近的叫法）"，又把一摞牌放到我脚跟处。

"小××，我认得你，你帮个忙，让我先结下账。"

我很不耐烦，但眼睛一瞅，竟是发哥。

我跳下桌子，帮了他一下，然后从人堆里挤出来，站到一个拐角。发哥要派烟出来，我慌忙拦住，从口袋里小心夹出一根好烟，递给他。

他笑了笑："中华。"

我喊他一声发哥，又说："我和你关过一个看守所的。"

发哥将烟夹在耳朵上（这种场面下，不敢点火），抬头瞅了我一眼，说："那挺好的，有印象了，脸怪熟啊。你大官司小官司啊？"

“我被法院判了10年半，发哥什么案子，哪年出去？”

“蛮好蛮好，以后就搭个伴儿了，好兄弟。”

才回了我一半的话，他的手就拍了拍我的肩，眼睛看向别处。

我那时对于结识发哥这样的人物，几乎是出于一种本能。我本想再套套近乎，可发哥的话匣子很难打开，我就识相一些，放弃了。

我们这些人的身上都好像贴了张“僵尸符”，各有各的期限和命数，大多数人熬出期限，等解开符，还是个鬼。

2011年下半年，上面提出“将刑满释放人员再犯罪率作为衡量监狱工作的唯一标准”，成立了“出监监区”，文教监区的犯人都调了过去，不管刑期长短，全部成了“监房组长”，协助狱警管理“出监学员”。

“学员”这种叫法很妙——来这儿的犯人都是再有一两个月就要出去的，要抓紧这点儿时间给他们学门手艺。文教楼三楼专门腾出来，搞了各种教室：学糕点的、学服装设计的、搞水电的，还有一间是讲创业知识的。文教监区的犯人也捡起各自的专长，例如税务局的落马官员，就去教这些人税务知识。

热火朝天搞了一阵儿，忽然又变了天，教育课不上了，只是出监监区不好立刻摘牌，管教就先将犯人们关在监区活动室，搞小劳务，做一些塑料花。这活儿轻巧，完成劳动任务后，还允许打牌。管教们那阵子待在这个“三不管”的岗位上，闲得慌，也偷偷和我们打牌，消磨掉这段冻起来的时光。当然牌桌上不会有赌注，只论牌技。

于是，出监监区“掼蛋”的风气格外盛，牌技好的犯人就跟着沾光多吃了几顿肉，他们偶尔还能领到管教食堂的盒饭。逢年过节时，监区还搞起“掼蛋”大赛，评出一二三等奖，派几包好烟、几顿荤餐，氛围热闹得不得了。

有位职务犯，以前是某县城管局的一把手，姓朱，正科级，贪污几十万元，判了10年。这人打牌好胜心颇强，牌算得又精，每回赛事都摘走头奖，好烟没断过。可这人极度令人讨厌：面相凶，快60岁的人了，黑乎乎的没半点儿慈态；个人素质也欠佳，每回开荤都要跟人争抢，少一片肥肉也要开官腔训人；还有就是生活习惯恶劣，喜欢在人堆里放屁，就被大伙儿起了个外号叫“朱臭屁”。

牌桌上，想灭朱臭屁威风的人不少，皆不成功，但到了 2014 年，情况就变了。

我不记得那年的那天、怎么就撞见了发哥，只觉得时间过得好快，他在看守所“跑镣”的画面还恍如隔日，怎么一下就撞见他了？那几秒钟，我有些走神，见他蓄了些头发，就晓得他快“下山”了。

发哥认得我，便执意要住进我协管的监房小组，我便跟管教讨了个调配名额，事情竟办妥了。

入住监房之前需查一遍随身物品，发哥的东西不多，一只红色编织袋都没装满。我一件件摆出来，翻见一份厚厚的判决书，便端在手上看。发哥倒也不介意，眼睛四处打量着这里的新环境，嘴里嘀咕着：“蛮好蛮好。”

4

发哥原名柳光明，1982 年生人，老家在宜兴市乡镇上。“发哥”这外号不知道是何时叫开的，兴许他牌技了得，大伙儿佩服，就用电影《赌神》里巨星的名字称呼他；又或者是一种讥诮——他的判决书上有好多桩赌案，从情节来看，都是“呆案”（有逃诉机会的案子），他却一桩都逃不掉，蹲进来三趟——这说明他不精明，是当冤大头的料。

判决书上的案子太多了，我来不及细看，其中有一桩确实扎眼睛的，倒记了下来：

2005年，年轻的发哥在乡镇赌档里坐庄，推1000块的牌九，一晚上“掉了坑”（手气差）的人轻飘飘地输掉百万，一个输红了眼的混子喊来一拨举刀的瘪三，非要抢牌桌上的一位赢家。

按道理，这没坐庄的发哥什么事，赌档里平事的马仔已在电话里“摇来人”，正在路上。可发哥偏偏耐不住，非要拿牌桌上的道理压那混子，压得这厮转移了攻击目标，要拿一只胳膊赌发哥面前摞高的钞票。

场面是吓人的，刀都插在了发哥面前。混子说：你要能给我连续摇10个“六六大顺”，一个点不要差，我这条胳膊你拿去，我今天就废在这里，你们家场子以后再没人惹事。若摇差一个数，你面前的钞票都是我的，你们家的赌客我就不动的。

混子话才说完，发哥就已经摇出了一个，然后又是一阵儿旋风般的动作，嘴里数着 2 个、3 个、4 个……就一直数到 10 个了。大伙儿都惊掉了下巴，最后他又多摇了 1 个，算“赠送”的。

混子恼羞成怒，喊着：“老子叫你摇 10 个，你偏摇出 11 个！”拔刀就砍了发哥一记。发哥躲掉了，守档的马仔和这拨人就打了起来。马仔只有三两个，被打得难看，个个挂彩，钱也被抢走不少。有伤势重的就送往医院，医生上报，警察半夜里抓人，发哥也没能逃脱。

5 月 1 日，出监监区照旧搞一些老套的文娱活动，“掼蛋”大赛是重头彩，管教想弄些排场，请教改科的宣传科员来拍照。

掼蛋比赛的头奖被我们用来押注，多数人当然投朱臭屁。我晓得发哥的本领，想趁此机遇赢众人一次，就去问发哥会不会玩“掼蛋”。

发哥知道这种玩法，但他不喜欢——因为要配一个“牌搭子”，他不觉得这里头有谁能不拉他后腿的，干脆不玩。他更喜欢四人制的斗地主，一打三过过瘾。

我那时每天都憋着一股莫名其妙的好胜心，杠头杠脑的，非逼着发哥参赛，将朱臭屁从擂台上轰下来。我自觉“认人”的本事不差，看过发哥的判决书后，知道他是那种容易被“掐死”的老实人，就从江湖道义讲起，说：“发哥，我们在这里打交道总共三趟，前两趟都是我帮了你，虽然是不好提起来的小忙，但这一趟，好歹只是你抬抬眼皮的事，赢几包喜烟，出去时散一散，兆头很好的。”

发哥没了退路，就答应下来。

劳动节这天的气温热到反常，“掼蛋”是早上9点开始的，警官先到警务台讲话，赶来的宣传科员摆弄了几个景。一切正按部就班，突然传来“噗噗噗”几声巨响，犯人们立刻乱了，一小圈人捏住鼻子散开，只为突出中心位置那个放了响屁的老年犯。

我们回头张望，朱臭屁坐在那头，脸色发紫，昂个头，又有些倔强。

警官先呵斥众人回去，大伙儿一人一句，叫嚷起来：

“报告干部，我们跟这个炮筒子一起打牌，怕是生死战。”“报告干部，我还有一个多月回家了，别让我熏死在这儿。”“报告干部，朱臭屁刚才的屁里有水声，估计拉裤子了。”……

出监犯都是快回家的人了，各个心态很是放松，俏皮话、流氓话整天挂在嘴上。警官拿他们没办法，就问他们：“还想不想玩牌？”大伙儿便都坐回去，一起挥手，扇着风玩。

秩序恢复了，警官本来准备好的演讲词被气忘了，就指着朱臭屁训一声：“在外面大小是个官，集体环境下就不能稍微克制一下？”

骂声未完，又是“噗噗噗”几声，活动室又沸腾了。朱臭屁顾不得众人的嘲笑，捂住肚子就去了厕所。

5

闹剧过后，比赛照常开始。朱臭屁刚才受了众人的嘲笑，将脾气都撒在了牌桌上，打得对手们脸红脖子粗的，活动室到处是骂娘的回声。

“掼蛋”靠抓阄选定对家，是升级制，从“小2”一直打过“老A”，才算一局牌胜出，对家中途是换不得的。在这种规矩下，10个“牌算子”敌不过一个猪队友，若是抓到一个脑子不够用的对家，输掉一局牌的风险极大。

一局牌输掉，便是“双人淘汰”，晋级的人又要重新打散，再抓阄确定第二局的牌搭子，除非“牌缘”极好，否则很难碰到同样一个对家——以此类推，直到决出前三等奖，共6人，领取奖品如下：

一等奖，肯德基全家桶一份加中华烟2包；二等奖，肯德基全家桶一份加金南京烟2包；三等奖，肯德基全家桶一份加红南京烟2包。

奖品之所以选择快餐全家桶加香烟，是提示获奖的犯人“分享”——这也是负责出监教育的教官从狱内心理师那儿咨询来的方法。

朱臭屁和发哥两人一直打到决赛，也没抓阄抓成对家。

我在“山上”每月都囤上几包烟，偶尔也抽，但不让自己产生瘾头。这次我在发哥身上押了1条烟，相当于3个月的“积蓄”，发哥若拿了头奖，我就能赢来2条——这些烟有大用处：出监监区承担了狱内主干道的清扫任务，缺个清扫组组长，要投票选。这个改造岗位每月可以领到2分减刑奖励分，我当然想拼下这份“牢运”。有3条烟，我可以争取30张选票，成功了，可能让我早半年出狱。

餐厅喧闹了一阵儿，发哥和朱臭屁已打完半局，发哥这边气势很弱，才小胜了一次，刚打到“小3”，朱臭屁却势头很猛，已升至“丁勾（J）”，若趁势拿个“双下”，直接升到“老A”，再赢的话，他又蝉联头奖了。

我有些紧张，心里嘀咕：发哥弄不好只是一身千术，在这种“技术牌”上倒不灵光了。

越嘀咕越不妙，发哥又抓了一手烂牌，出手又急，吃了自己人几张大牌，虽然冲到手头只剩一张了，却被朱臭屁的“同花炸”止住了势头，又输掉，当了个“末游”。

眼看朱臭屁升级打“A”，我急了一下，却又无法做什么，就往发哥身边又靠了靠，摸摸头，摸摸脖子，腿也瞎抖乱晃了起来，很不自在。

发哥倒不动声色，几只小蝇绕着他的头发飞，一会儿停他嘴唇上，一会儿又往鼻孔里爬，却被鼻毛挡了出来。他的头稍稍歪一下，算作赶苍蝇，眼睛却又不动，抓到手的牌快速捻成一把扇子，又收起来，再展开，牌都理好了。

我凑上去看，心头又痛了起来——还是一副烂牌。

出了一会儿牌，朱臭屁趁着势头，放出一个“小飞机”，3个3拐对子，发哥手头有个3张“5”没出，竟直接轰出唯一的“8子炸”，打得手头只剩小牌了。对家也在吵：这种牌瞎炸什么，自己还有好多“3个头”管他。

发哥抬头瞥对家一眼，只问：你有管住3个“9”的吗？对家哑了。

这时朱臭屁稍有恼火，将一记5个“10”甩出来，啪唧响，追着炸了发哥一手，然后将手上5张牌摊开了——果真是3个9拐对子。他嘴巴叫嚣：“你算得准也没用，管得住我这5个‘10’吗？”

发哥摇头说：“我管不住，但对家有45678的红桃同花炸。”

果然，对家立刻将牌甩了出来。

大伙儿都看呆了，叽叽喳喳地说：“这人算牌真神了。”

朱臭屁眼巴巴地盯着自己的对家，那人牌势也不差，但帮衬不上他，自己跑出个“头游”，却弃了他。朱臭屁就被发哥二人围着打，当了“末游”。

打“老A”时，若有人当了“末游”，这局就不算过，要重新打，要是第二把再不过，按规矩，就降回“小2”，重回解放前。

朱臭屁领了这些年的头奖，没料想自己竟还有这样的落魄时刻，果真又被发哥捉了个“末游”。重头再打“小2”，气势顿时就降了几格，整个人像针扎了屁股似的，坐不稳当，身体歪来歪去，屁也多了，看牌的人只管皱眉头，倒没人躲开。

不知过去多久，观牌的管教忽然骂了几声——不是骂朱臭屁憋不住放臭屁，只是突然感觉自己站得腿麻，骂“小岗”不识相，也不晓得搬几把椅子来。

赛了不知多久，伙房的人来收饭车，喊我们说：你们怎么午饭都没动，还吃不吃？我们赶快跑出去几个人，将饭菜都端了出来，手上的动作非常麻利，脖子却一直歪向牌桌这边。

我因为搞些后勤工作，到底岔掉了输赢的最终一刻，只听到牌桌那头“嗡嗡”几声巨响，笑的人是多数，隐隐觉出不好，赶紧跑去查问，果然还是朱臭屁胜出。

几个受了我影响押注发哥的狱友跑来身旁，骂骂咧咧地讲：“这个烂人放水。”

我拉他们去楼道里仔细地问。他们讲，发哥打出一阵势头后，忽然就软掉，前头见他那样精于算牌，以为相当靠谱，后头竟然又连“大王小王”也吃不准了，最后一把牌，手头还瘪死个“炸”，任由朱臭屁 6 张牌的“姊妹对子”完成了“偷鸡”。

我说不应该啊，发哥又认不得朱臭屁，为什么要放这种水？

饭后，我们输光老底的人就堵住了发哥问输牌的原因。

发哥端个碗，要去盥洗间，见我们上来，掏出二等奖的金南京，要派给我们，又一下腾不出手，只说：“话不多说了，输掉就输掉了，烟你们拿去分掉。”

我抢前一步，讲：“发哥你知道我们在你身上押了不少注，你现在就撂个实底，我跟他们有个交代，你是真打不来这种牌，还是放水？”

发哥笑笑，说：“我要真放水，你们谁能看得出来？”

听了这话，我心就安了下来。岂料，我们几个正要转头离开时，发哥又补了一句：“我就是明摆了让这老头儿开心一下，让他赢的。”

我这边有火气旺的狱友，立刻就冲上去问发哥是不是脑子有病。

发哥说：“你们小年轻懂什么啊，这老头儿以后没得赢了——肠子里有病，他那屁味儿我全闻出来了。我老头子以前也这样，我俩睡一张竹丝床，我睡在他脚跟处，早就吃透了这股味道。我老头子肠癌，撂下我时，我才12岁。这老头儿的屁味有文章的，有大文章了……”

没人信这种话，有人先骂发哥放屁，接着有人就捶了发哥一拳，趁他弯腰，将他拖进监控盲区，一顿好打。我来不及劝，又确实生气，就眼见着发哥被打肿了嘴皮子，吐出好多血。

我竟莫名其妙地有点儿兴奋，见到一位“能人”的软弱，好胜心也都起来了，在乱掉的场面里也出了一拳……这好像是年轻人通常的毛病。

6

过了不到个把月，发哥就出去了。走前整理了一下个人物品，信件是不便带出去的，实在要带，必须接受检查。很多人有“黑信”（寄进来未受检查）的，都在刑满前撕了省事，不然查来查去，耽误工夫——那种时刻，早一分钟出去，也是好事。

发哥的信不多，只有四封黑信，就蹲在厕坑全撕了。还有几张报纸，他也搓成团子，丢了进去。我本想叫他拣出来，弄不好会堵了厕所，但因为他输掉比赛的事，我俩的关系弄得很僵，想想他马上要走了，就自己动手吧。

几张湿漉漉的报纸上竟写了些狗爬似的字，我铺开来，歪个头，认了一遍。上面好多的话，我现在记不清了，但非常确信，这是看守所那个输掉四箱方便面的死囚写给发哥的——两人应该和好了，用报纸交流过一阵。

很难想象这种事情也有和好的余地，也许发哥将那几箱面还给了死囚，也许死囚后来愿赌服输，觉得临了，不能当个小气的人。

我倒能记起发哥写在报纸上的一段可笑的话：

他问死囚“什么官司”，死囚讲“运毒”，量不惊人，但够上了线，缓也没个缓，二审也驳下来了，不晓得哪天上路。然后，发哥竟用像模像样的语气，讲他“思想是和国际接轨的，一点儿不支持死刑”，又举了自己的亲身经历，讲他前面蹲进来那趟，遇到一位“一根榨菜掰了两段儿分”的好狱友，也是等着吃“花生米”的，案子很惊人——起先，这人只为了讨薪，和包工的人对打，把人打死了，就赶紧逃亡，逃了小半年，妻儿就偷偷与他会合，不承想他有天醉酒了，就将妻儿都杀了。那个狱友说，杀心就出在这个“死刑”上面，他觉得自己早晚一死，不想妻子改嫁他人，也不想儿子活着受苦，索性狠了心，先送走他们，自己选定墓址随后就来，却不想被警察给捉住了。

我笑过之后，又觉得戳心：发哥可能是那种“老好人”，先前那点儿矛盾，可能是我自己哪方面错了。但我又想，罪人的善意就是弱点，就是活现丑，便迅速抹掉了自己对发哥的这丝惭愧。

发哥下山后不到一周，有天夜里，朱臭屁忽然就住院了。听人讲，他在监舍里拉了一床单的稀，没过几天，监区公示栏里就贴出了他保外就医的告示。有人说，朱臭屁到底以前是个官，路道粗，关系到位了，装出副病模样就混出去了，保外就等于提前释放。

朱臭屁的铺位很快被人顶了，那人在床缝里抠出了几包中华，还没拆分。大伙儿都很高兴，说朱臭屁怪不得是个贪官，藏东西的毛病在这里也改不掉。

过了一段时间，有消息捎进来，说朱臭屁死了。抽过中华的人，也来不及分辨这消息的真假，赶紧每人点了三根烟，朝西边方位拜了又拜。

2015 年 7 月底，我拿到了最后一张减刑裁定书，10 年 6 个月的刑期减掉了 3 年 10 个月。

还有几天我就要下山了，心情格外好，只是夜里睡不着，想各种乱七八糟的往事，盘算着出去后立刻要去“实践”的一些事情。19 岁进来的，26 岁出去，这场自酿的噩梦终究是醒了，不敢再回头想，否则脑子就像老电视机飘雪花，要糊掉了。

那些天，管教们待我也很好，有一些“串门”

的事情都喊我去——这也是相对安全的，毕竟一个临近下山的犯人，是没什么监管风险的——我便有机会到处闲逛。

入监监区有我的一个熟人，我去探望他，主要是给他送书。这人也是10多年的刑期，他准备把刑期当学期，啃很多书。文教监区负责狱内图书馆的卫生，为了偷一些他要的书，我常要主动多干一些清洁的活儿。

一群新来的犯人正在入监监区的集训操场上受训。有人蹲在大太阳底下喊了一声："夏组长——"那一声我至今都忘不掉，那么的卑怯。

我转过身来，看见一个瘦得不能再瘦的人，再仔细认了一下，被两条花里胡哨的臂膀扎了眼睛，立刻醒过来，晓得这是发哥。

我嘴巴张大了，又不敢高声叫出来，就押出一条奇怪的声线，问他怎么又进来了——他出去还不到两年。

管教正下达军训口令，发哥来不及回话，只是慌忙握了一下我的手，再松开，我手心便多了一团写了字的卫生纸。

我晓得了，发哥早几天就看出了我，这团纸是预备了好些天，就等一个挨近我身旁的机会。

7

8月3日，我早饭也不吃了，凌晨4点就爬起来，穿上一套宽松的球服，又换上一双滑板鞋。这套行头是我被抓进来过第一个夏天时家里人捎来的，下山的路有好几百米，家里人只能在那儿等着，我也只有到了那儿才有新衣服穿。这套旧的，要亲手扔到一条河里，讨个好兆头。

到了7点半，交接班的干部终于来了，等他吃了几口包子，又翻了两下报纸，8点多了，就喊我出来，领着我去办出狱手续。

好多人趴在铁栏杆上，跟我挥手，喊我外号：

“龙虾！”

“龙虾记得写信来。”

“龙虾出去了好好的”……

谁的眼眶都是发烫的，但倒真没必要花过长的时间感动了。人受苦受难的时候格外重情，一旦从困境里走出来，獠牙也就跟着长了出来。

我就快步走，头也不回。和接我的家人朋友会合后，我忽然想起发哥的那团卫生纸，赶紧翻两只裤袋，找出来的却是黑乎乎的一团污。走这几步路，我流了很多的汗，将纸上的字儿浸到一个也识不出来。

按理说，这种时刻我不应该去顾别人的心思，但心里就是极不踏实，发哥这样费心交出来一张传话的纸，一定是紧要又无奈的事。我对他总有一点点不愿承认的愧意，于是就在车上一点一点地辨认，只认出一个手机号码，有个数字还难以敲定。

回了家，我就打这个号码，没敲定的数字就用死办法，从0到9，挨个试一下。试了好几次，总算有个能对上“柳光明”的声音，是个女人，嗓门很大。

我都不知道发哥要传什么话出去，只听电话那头的大嗓门女人骂了一通，稍微探到了他的一些生活。

这个女人是发哥的老婆，这样恨他，我并不奇怪。他进去这么多趟，老婆骂一骂是很轻的了。但一听见发哥还有前妻，还撂给她一个“要死不活”的女儿，我就揪心了一下——看来发哥这两年的日子过得相当苦，也连累着这个二老婆一起吃苦。

我插嘴问了一下她嘴里那个“要死不活”的继女。

“脑子不行的，车祸撞坏的，慢慢挨，脑子就死掉了呀，靠一堆机器拖住了命，天天烧钱呀……”这女人的嘴就像滑了丝的水龙头，又骂发哥以前的一些混账事，未等我再提问，她自动讲，“柳光明就是天生的劳改命。这个拖油瓶，他本来可以不顾的，他前面那个女人蛮糟糕，拖油瓶本来是她的，法官看柳光明是赌棍，都判给她了，哪里晓得她重新找的那位还不如赌棍！发酒瘟了，喝了酒上高速，一家四口，连后来生的一个男孩也遭了殃，就剩下这个半死不活的。拖油瓶拖了柳光明好多年了。柳光明混来混去的一点儿钱，都花在了医院里。我跟了他，也是瞎了眼，金手镯都卖掉过，一天福没享到，他倒把劳改队当了家，我还不晓得要守到哪天的活寡……”

我见她停不下来，就只能插嘴，讲：“发哥让我带话给你的，话都写在一张卫生纸上，我没来得及看，纸上的字都糊掉了，你想想他应当有什么紧要的事？”

女人忽然激动了，拖着哭腔，骂声高了又高：“还能有什么事呀？找那么多人来讲同一桩事……好了，我也跟你摊摊牌：我老早就供不起那个拖油瓶，柳光明上一趟进去，我都已经不去医院交钱了，他从赌场里混来的那些钱，我买了一小套房子，他这次出来，觉得我办错了，就跟我离，什么东西我都不要，他也算留下一份资产……他这种瘪三，我也不晓得总为他着想什么？早该跑掉……”

到我听烦了，想撂电话了，女人才想起来问一声“你是他什么人”。我也不答，把电话重重地撂下去，我的心也沉了好久。

我后来想，发哥递出的卫生纸应该有好多张。他进去这么多次，认识的要出去的人，又何止我一个？恐怕遇到稍稍面熟的，守到机会他就递上一张——这样做，他应是预感到了什么，生了怕。

这是我出狱的第一天。屋外有亲戚放起驱霉的炮仗，时刻已到傍晚，暮日低垂，屋外的湖面被霞光笼罩，水纹金子一般滚动，湖滩上的农房飘荡着炊烟……我在窗前站了很久——这应当是高兴的一天，但脑海中总挥之不去发哥的那一双小臂，那上头的每一个烟疤，都好似一颗浑浊干瘪的眼珠，没在漫天的霞光中，慈父一般，柔和地向下瞧着。

11

她的追爱一生，
一开始便错付了

前　言

一个前辈说我："你写熟人的故事太残酷了，笔如同手术刀，在熟人的经历中肆意解剖。"这句话的确给我带来了一些困扰，在相当长的一段时间内，我都在想"如何做到更温情、更得体的叙事""消解掉文本中的残酷性"，顾全当事人更多的"脸面"。可这并不容易。例如这篇故事中的主人公，曾是一个小姐，一出场，似乎立刻失去了所有的脸面。刑满释放人员的圈子其实很好建立，每个人都因过去的经历在家庭和社会中碰壁，相当孤独，大都有强烈的抱团意愿。我原本就有两个狱友群，人拉人的，圈子里自然有了一定比例的女性刑满释放人员。我从不避讳"故事猎手"的身份，有了新文章也发在群里，大伙儿就会讨论写的是谁，哪里言重了，哪里没写到位——这种热闹之中，也藏着每个人的倾诉欲望，他们渴望被书写，继而获得理解。群友陈翠婷，

20 世纪 70 年代生人，20 世纪 90 年代进入色情行业，后回乡从良，组建家庭后又创业开店。她对我说，本以为自己可以牢牢握住自己选定的人生，却最终被一场又一场风暴所裹挟，经历一次又一次的错位。

1

当初入了这种行当，陈翠婷并没有啥苦衷，“只怪虚荣心”，不像其他几个要好的姐妹。

她最好的姐妹丁丁，3 岁的儿子在老家摸了捕鱼的电箱，烧得浑身不见一点儿好，亲戚朋友好不容易凑了 2 万块钱的医疗费，男人却畜生一样拿去在赌桌上输掉了大半，半夜还在被窝里冲撞她，嚷着“再造一个”。丁丁没办法，只能出来做这个。

陈翠婷每回上钟，都先跟客人起腻，鼓动他们要“双飞”。大部分男人是经不起这个诱惑的。遇到爱惜钞票的，她就会轻飘飘地挑一句“不行啊？”——这十分管用。

然后，丁丁就立刻进来包厢，两人“合作”一个钟，再挣双份的钱。

等陈翠婷要回老家了，丁丁送她，姊妹俩抱在一起，哭了小一会儿。临到检票了，陈翠婷将一个记账本交给丁丁，里头存着回头客的号码，千八百个，“手气大的，手气小的，素质高的，流里流气的，喝了酒来撒疯的，我都备注妥了”。

丁丁握紧陈翠婷的手，泪汪汪的。陈翠婷最后叮嘱：“你晓得吧，朱老板是书法家，指甲缝里卡着墨呢，喜欢抠来摸去的，那几根脏指头你要清理干净呀……他钞票是舍得的，你要好好稳住他。”

丁丁点点头，泪珠砸她手背上，姊妹俩又抱紧了一下。

就这样，1995 年的春天，25 岁的陈翠婷在外省长途汽车站做了今生最难舍的诀别。

她几年前从农村老家出来打工，入行之前，先在常州的一家棉纺厂工作，噪声太大了，工装也毁形象，一站就是 12 个小时，收工回了宿舍，澡房都懒得去了，臭烘烘地睡过去，臭烘烘地醒过来。鼻孔里都是黑巴巴的棉团子，“活得太不像个女人”。

她那时也有个对象，是厂里的机修工，本地壮汉，在单位食堂每顿能“造”两人份的饭，晚上回了房间连床板都能压断。她不喜欢这种野蛮，但在外务工，这份依托又给她提供厚重的安全感。

男人经常开她玩笑：“要在古代，你一定是个青楼红牌。”她生气，男人就又赶紧圆，“这是夸你，但你也不要小瞧她们。”还不知道从哪里学了一句讨巧的话：“每个人都用身体的某一部位苦钱，她们只不过选了个讨巧一点儿的。”

陈翠婷说，自己后来入了这个行当，对谁都不愿交代实际原因，但并不否认，这话有点儿歪理，她记牢了。

她长相普通，讨巧之处只有白，可一白遮百丑——何况她也不算丑，这优点就更显出来了。在这行当里泡了几年，她像贴过护身符，无灾无难，只受过几次惊吓。

最惊险的一次，在包厢上钟，忽然听出走廊的一阵脚步声不对劲，立刻撇了客人躲进厕所。她从门缝里窥见，果真涌入了一批穿制服的。客人们、姊妹们、经理都抱头蹲在了走廊里，两三个协警从各个包厢进进出出，搜捕漏网之鱼。

一个年轻的协警透过门缝也瞅见了她，目光却往下面看——她的尿正顺着光溜溜的大腿淌下来——她一辈子都没那样怕过，那时她才入行不久，常听几个老姐妹讲述劳教所里的经历，生怕自己被抓后落不着个好下场。

门缝只有一点点宽，她看不清协警的长相。协警往厕所门前走近了两步，手伸了出来，蹭了蹭她的乳房，又慌忙缩了回去。

这些往事陈翠婷早该忘掉的，可现在想起来，还跟昨天一样，“手掌心有个凹洞，蚕豆大小，是块疤”。

后来，陈翠婷做得很好，返乡这桩事，老板千般阻碍万般刁难，软硬兼施，磨了小半年，才终于放掉她。她也想过这辈子都不回老家了，但在外漂泊了几年，再是狠心，也绕不开家中的老爹老娘。

老爹老娘都是老实本分的庄稼人，要不是太溺爱她那个没出息的哥哥，她肯定是铁了心地孝敬二老。每回老爹老娘挨了哥嫂的打骂打电话过来，她就气不打一处来，骂二老贱骨头，非要下人一般伺候这窝狼心狗肺的东西。

出来这几年，陈翠婷寄回去的钱都被哥嫂刮干净了，有一年寄钱晚了三五天，除夕那天，哥哥在电话里连着骂了她15声“贱”——这是她一辈子都忘不尽的恨。

回到家第一天，醉酒的哥哥就因她上了桌面吃饭，忽然拽住她的头发，一通打骂。老爹老娘也不吭声，只是一味地劝她忍让。

她可不是以前的陈翠婷了，抓起个菜碗直往哥哥头上猛削，一块头皮耷拉下来，血淌得满桌子都红了。老爹老娘就推着她跑。在外头躲了几天，想到哥嫂一定会拿老爹老娘出气，陈翠婷索性去银行里取了三万块现钞，跑到哥哥床头，一沓一沓地砸他身上，砸得他开心了，嫂子也来假模假式地劝。

大家都开心了，唯独老娘只顾着哭。嫂子将钱摊开了，嚷着：“钞票哪，傻娘哭个什么啊？”老娘哭得更大声了。陈翠婷说，肯定是老娘领会了这堆钞票里的苦楚，“那种事也只有当娘的悟到了”。

安顿了哥哥，她自己也在被窝里哭了一场，心疼那些钞票。后悔，“不如一千一千地丢过去，干吗要一万一万地砸，真是肉包子打狗了！”

这些钞票是多少个钟啊，她连算都不敢算。

2

既然决定要回老家，行当里的人和感情，就都要抛个干净。

她以为把那个小本交出去，就没人再知道荤场里的那个“婷婷”了。她要用身份证上那个土里土气的“陈翠婷”重启生活，光明正大、有模有样地在老家找个人嫁了，过普通女人该有的安稳日子。

更何况，老家距离曾经的那个花花世界相隔“十万八千里”——这是令她十分自信的距离，完全可以在县城大马路上抬起头走路，撞不见一个“熟人”——干这一行，没有不怕熟人的。她那些江苏姊妹，有时难免碰见一两个老乡，还有撞见表哥的，场面比抓嫖现场还难堪。

关于嫁人，陈翠婷想，自己怎么样也得嫁个老实人。什么样的男人算老实，这方面她算是鉴别师了——文化人肯定不能嫁，脑袋瓜子太活络了，虚的实的，什么地方都要占尽便宜；官员也不能嫁的，但凡和这种角色同床，她就心虚。

可抛开排除法，其实她也想不出老实人的具体标准，倒是格外想念过一个雕石头的手艺人，每回都是他妻子来找他，他自己站在楼下，孤零零地守着，结账时才上来一下。手艺人的老婆过来找她，也就是搂搂抱抱，顶多亲亲嘴巴，这桩稀奇事被姐妹们笑话了很久，大家猜来想去，有人就说这对儿是“形婚”（形式婚姻）。

陈翠婷也不多想，只觉得如果夫妻两人真有互相要保守的秘密，那相处状态真就好极了——旁人不能明白，有些秘密就是一个女人的命，嫁人这桩事对她这种经历的女人来讲，露了底子就要了命。

陈翠婷回来前，已经在银行里存了一大笔钱。她比县城里大部分男人有钱，这是她的底气，她不需要靠男人的钱，只需要找个厚点儿的肩膀贴着，找个真心实意拿命来疼她的人。

找上门的几个男的，有看上去文质彬彬私下却手不老实的——这种男人她从前在店里见多了，自信能像逗小狗一样逗他们；有吹牛不打草稿、带块假劳力士还总伸着那只胳膊的；还有样貌不行猪头猪脑的……总之，没一个她相得中。

有一天，她去咖啡馆见一个水利局的公务

员——嫂子小学同学的朋友。她预感十有八九不是靠谱的，因为嫂子嘴里那些金贵的男人，她早就阅了几百上千个，“都一个狗德行”。但她还是要去的，消遣一下时间罢了，毕竟小县城的一天是相当漫长的。

从咖啡馆推门出来时，她就连男人的样子都记不得了，只记得他的声音难听，还时不时地吐出点儿唾沫星子，张县长王局长什么的喋喋不休，一直在谈自己的关系、将来的出息。她压根儿就没拿正眼看他。

一出门，一只高跟鞋就断了跟儿。

陈翠婷钱攒了不少，但她还是头一次买这么贵的名牌鞋。她不怪这鞋子不经穿，只怪家门口那几条石头路太糟了，穿这双细跟儿崴过两次，鞋子肯定伤了，这鞋本就不是造出来走山路的嘛。

她索性脱了鞋，光着脚去马路上拦出租，车半天不来，就光脚走进巷弄，拐来拐去，没想到，里面竟藏了个修鞋铺。

老太们的洗脸水、洗菜水都浇到门外，青石板路面一整天都湿漉漉的。陈翠婷没处下脚，就在巷口喊了几声“师傅”，伞下面探出来一颗方正的大脑袋，是个中年男人，粗粗壮壮的。

“师傅，帮帮忙啊，递个鞋给我。”

陈翠婷扬了一下鞋，男人愣着，她干脆抬了一下脚丫子，腿打得老高。这副光景师傅却似全然不领情，只是转头指给她一块墙角处的楼板，让她从那儿抄过来。

等到了伞下，她才看见修鞋机旁靠着一副木拐，再看看男人空荡荡的裤管，蚂蚁咬了脖子似的，羞愧极了。

“腿不争气的，小儿麻痹落下的，腿不如胳膊，手头劲道倒大呢，不然就抱你过来了——鞋给我。”虽然这个小城的男人都兴油腔滑调，但这番调戏的话从这么个人嘴里说出来，陈翠婷倒是心头一暖。

男人修鞋的技术相当好，干活儿时专心的样子格外迷人。陈翠婷仔细瞅他的脸庞，端正，英武，再瞅他上半身，肩膀那么厚，臂膀上鼓起漂亮的肌肉，要不是两条废掉的小腿，他不应当坐在这儿修鞋……

“你看一下。”男人将鞋放回她手上，打断了她的白日幻想。

“呀，师傅真神啊！拿放大镜来看，这哪里还见断过的样子。”

鞋修得相当漂亮，陈翠婷喜滋滋的，觉得眼下这个男人千好万好，也不问个工价——怎么也要丢下一张百元大钞犒赏人家一下。

男人却只要1块钱。陈翠婷就穿了鞋要跑，男人赶忙抓来一个饼干盒子，抓出一把零钞塞给她。陈翠婷鞋也来不及穿，三步并作两步就跑出了巷口，扭身大喊一句：“你不慌找钱，我还有100双鞋等着你修呢！”

3

那天夜里，陈翠婷就觉得自己很可笑，咋就这么中意一个“残废佬”？

她故意让自己恶毒一些，使劲儿想想那个男人的坏处——不就是那两条麻秆儿似的小腿。她想到这儿，心又疼了。想这么个人，他怎么吃、怎么穿、怎么住、怎么自力更生呀？1元1元地修鞋，遇到病遭了灾，怎么对付呀……

她收着劲儿抽了自己一记小耳光：神经病了，为这么个人着想。不一会儿，实在睡不着，她又起身翻家里的鞋子，想着白天出手未免太阔绰，怎样也得将家里的破鞋都让这个人修好。

统共就翻出来几双破鞋，她盯着看了一会儿，忽然眼睛就糊了，泪水哗哗地淌了下来。

她想起从前的一件事：一个酒鬼半夜找她，醉成那副样子，就拿她出气，让她自己骂自己，骂一声100块。一个钟下来，她衣服兜里都是钞票。下了钟，姊妹们都嫌她傻："不能嘴巴快一点儿？不然会有更多的钞票啊。"

她哭归哭，但心里头拎得清，"自己挣的就是这种没皮没脸的钱，不怨什么，什么也不怨"。她觉得遇到这个修鞋匠，似乎是老天赐自己的一个赎还机会，可以补一补这几年她在自选的这条荆棘路里扎穿的破洞。

不承想，这个鞋匠竟如此难"上手"。倒也没有什么特殊情况——他当然是光棍，家里独剩一个吃低保的姥姥，77岁了，一身的病，吊住一口气，就是想进棺材前给外孙讨个老婆。

老太太对陈翠婷欢喜得不得了，差点儿跪下来求憨包外孙醒醒，认清这桩天上掉的美事儿。可鞋匠吓得直甩自己两耳光，骂自己是没出息的废物，怎能连累这样一个好女人。

老人家就把这些话塞到陈翠婷耳朵里，把一辈子攒下来的两只金耳环还有从低保里省出来的1万块钱塞到陈翠婷手里，讲："我这辈子肯定是亏欠你了，等死后拼了劲儿地保佑你。"

陈翠婷心里倒是欢喜的，想来这样的男人更加可靠。残疾，她压根儿不在意——臭男人的皮囊她见得还不多吗？嫁人，就是寻一颗牢靠的心，这是关键。

这桩婚她认定了，但也有更大的难处——怎样说服自己的老爹老娘。还有不省心的哥嫂，更是专业的搅屎棍。

当然，陈翠婷自诩是见过世面的，识人面知人心，应付家里这几口人绰绰有余。她将户头里的钱取了一点儿出来，考了个驾照，给自己买了辆车，时不时地开回老家，跟那几口人只讲：她给一个大老板当司机了，人家实在中意自己，硬是求婚，家业那样大，自己一个穷农户的女儿配不上人家，怕死了。

家里人早就催她结婚，哥嫂以前时常跟她普及本地的彩礼价码。陈翠婷就拿这个当引子，说真要嫁给这老板，怕进门的彩礼得拿担子去挑。哥嫂当然耐不住，怪她傻乎乎的，天赐良缘不晓得珍惜。她这才抛出关键点，装出为难的样子讲：这位大老板也有缺陷的。一家人就继续查问，她便说：这人千好万好，就是一双腿不好。

一家人又为难了一小会儿。但陈翠婷相当自信："这方圆百里的山村内，钱在每户每家都是排在第一位的。"

于是，结婚这天，陈翠婷真的安排男方往家里挑了一担子彩礼，面上铺满了钞票，十几万。家里谁见过这样的大钱？哥嫂膝盖都吓软了，蹲在担子旁，嘴巴和鼻孔都张开着，模样相当难看。

当然，这笔钱陈翠婷是拿来做样子的，她对哥嫂说，大老板手头有个大工程，先走个结婚的场面，钱马上要填进去，等工程回款了，全部再送过来。说到这里，家里人谁还不信？哥嫂更是马屁精，立刻还要搭补一些，取了 16000 元现金，又买了 5000 块的金手镯，说是要在妹妹的这桩婚上"撑一下娘家的场面”。

陈翠婷暗喜——先前那“砸”出去的3万，不承想竟回来大半个本儿。

陈翠婷嘴上的“大工程”一做就是两年，哥嫂旁敲侧击，催她那笔彩礼，她发了一通“阔太太”脾气，讲了一番宏观经济大背景、GDP，还有金融危机。这些词吓坏了哥嫂后，她又软了口气安慰道：“勿要怕，你们妹夫那样的能人，老大一座靠山，一旦缓过来，这点儿钱都是小钱。”

这样子一发作，她又能再耍几年滑头。

至此，一切都顺顺当当的，陈翠婷将自己的人生大事全捂在手掌心里，一丝半点儿都漏不到旁人那里。

好日子虽不够，坏日子却也都在陈翠婷的预想之内：嫁个腿脚不灵便的人，方方面面自然都得自己照应着，唯一超了她预料的是“夫妻生活”。

小团子是婚后一年多生下来的，顺产，7斤6两的大胖丫头，双眼皮随了丈夫，肤质随了陈翠婷，美人胚子，两颗小梨涡叫人爱得不行。能生下这块宝，陈翠婷心里实在有些苦——男人在她面前极度自卑，陈翠婷费了很大的劲，才孕育下了这块宝。

打小团子一出生，陈翠婷就想：“这辈子大概不会再和这么个男人有一丝半点儿的肉体接触了。”

这种隐隐的预感让她相当难受，觉得自己有些残忍，但生理上又无法克服，男人在被窝里摸她的手，她都觉得如针扎一般。当然，也有一丝丝的后悔，但她能自洽，“这就是‘代价’嘛”，当年入行后，她没有一天不想着这两个字——她觉得算平衡：换来的也够多了，吃利息也管够的钞票，一个把自己当女神供着的老公，最重要的——还有女儿啊。

未等小团子断奶，陈翠婷就租下县城黄金地段一间 130 平米的店铺，90 平米的区域用来卖鞋，剩下的卖内衣和帽子。

男鞋女鞋童鞋，皮鞋布鞋胶鞋，什么鞋都卖。小地方做生意拼实惠，陈翠婷的货源渠道相当靠谱，价格上碾压所有的同行，售后服务上更加没得挑——谁叫她有个修鞋匠的老公呢？凡店内售出的鞋，不论价码，哪怕 10 元两双的解放鞋，也是终身保修。

这四个字就打在店的门头上，围了一圈荧光，在夜里格外诱人。这当然是个噱头，5 块钱一双的鞋谁会“终身”穿呀？陈翠婷就是天生的生意人，太精了，这样一搞，家里那位也就够忙的了。

鞋匠干活不惜力，有时半夜三更还在跟几双破鞋较劲，敲敲打打的，又不敢惊动老婆孩子，有时就住在店里。陈翠婷刚开始是默许的，后来，嫂子嚷着要来店里当售货员，她便不准男人在店里修鞋了——这要是被家人知道，婚前她要的那些滑头就露馅儿了。

虽然生米早已煮成熟饭，那她也绝不允许这样滑稽的事情发生。她自信自己能将这点儿谎撒一辈子。

4

有一阵子，县城里的小年轻们流行穿靴子，陈翠婷试着进了一批，摆在店铺前排，质优价廉，很气派，蛮吃香。

那天，下了一阵雨，两个骑摩托车的年轻人在店门口躲雨。一个又高又瘦，细长的脖子上长了颗钉子般的喉结；另一个身材健壮，脸面漆黑，模样有几分英气，像当过兵的。两人倚在玻璃门上抽烟。陈翠婷看不惯了，去问：“买鞋吗？”

没人理她，她就拿了块抹布过来擦玻璃，让两人站旁边去。谁知这两个男的太不识相，叼着烟进店里了，烟灰直接弹在地上。

陈翠婷也不客气："你们两个不买东西，就出去抽吧。"可两人竟将烟头摔在地下，火星一下烫在靴子上。陈翠婷正要开口骂，两个愣头青就猛地拔脚出了店门，从摩托车油箱侧边抽出两把砍刀，举起来朝街对面的酒楼冲了过去。

酒楼门口停着一辆黑轿车，几个肥头大耳的男子脚刚落地，车门尚未关合，就被这两个愣头青给砍倒了。雨冲刷着街道，血水染了一地。陈翠婷吓坏了，还没等她转身，一个血淋淋的男人冲进店里，一条胳膊皮搭着肉，像折断的甘蔗。陈翠婷骇得大叫的瞬间，两个愣头青也追到店里，瘦子用膝盖顶住那个血人，黑壮的提刀就砍。陈翠婷吓得声都哑了，黑壮男子一手拎着那截胳膊，另一只手忽然拍了拍陈翠婷的脸，指着一地狼藉里那双被火星烫过的皮鞋，问："多少钱？"

陈翠婷一声也不敢吱，男子就在自己衣服上擦了擦手上的血，从口袋里夹出两张百元大钞，往柜台里一丢。

陈翠婷吓坏了。等警察来店里问她，那两人长什么样子，开什么摩托车，刀具体是啥样，往哪个方向跑了……她忘了大半，大脑一片空白。

雨停了，太阳出来了，街道上围了很多人。陈翠婷蹲在店门口，眼珠子卡住了似的，死死盯着正前方。事发时她嫂子在货房里午睡，雨天睡得格外沉，是警察到了后才醒的，一看陈翠婷心头堵着做不来任何事情，就不敢偷半点儿懒了，赶紧整理店铺，拖地洒水，拎出一桶洗拖把的血水直往马路上泼。

陈翠婷发疯似的站起来，拿过水桶奋力一砸，大吼："你让我以后怎样做生意！"

嫂子吓得缩回去，陈翠婷又慢慢地蹲了下来，继续呆着。

陈翠婷并不是真的被这番社会人砍斗的场面吓丢了魂，以前在荤场做事，这种事她早见怪不怪了——是那只拍她面孔的手，令她的脑袋瓜子就像灯泡短路一样，"呲"一声就灭了：她看见了那个手掌心的凹洞。

她蹲在店门口，调动了全身所有的力量，试图说服自己，这仅是个巧合或是眼花，她不可能用一只手去确认一个人。

但问题是，她对这只手，实在是太过熟悉——这是一只清晰存在于她精神层面的手，掌心的凹洞像被利刃穿透的伤疤，这只无数次出现在情欲幻想中的手，解救过她又抚摸了她，不承想如今竟又活生生地伸了出来，显现在她眼前。

陈翠婷好几个夜里都没睡安生，她到底没能说服自己，表面祥和富足的小船就这样被礁石击中，欲望的海啸呼之欲出。

砍人案件尚未了结，店里三番五次有警察过来，顾客都避开了，几个竞争对手趁火打劫，编排了很多不干不净的说法，还有人拿店门的招牌说晦气的，“顾客穿了这家的鞋，就是修终身了嘛，圆寂了嘛”。陈翠婷就把招牌拆掉了。

天蒙蒙亮，陈翠婷就去店里理货，她准备亏本大甩卖，搞几日促销，拉回一点儿人气。忙到上午10点，店里来了一些客人，挑挑选选，生意热闹了起来。

可好迹象没持续一会儿，店门口就停了两辆警车，先进来几个警员驱散了店里的人。陈翠婷窝着火，正要去骂，见另一辆警车的门开了，两个警员押着一个戴脚镣的瘦子，进到店里。

陈翠婷晓得了，砍人案破了，这是带着嫌疑人来指认现场。

一群警察挤在店里，未跟陈翠婷商议就将她几个货架移开了——那是她一大早摆好的，现在被弄得乱七八糟。县电视台还来了几个摄像的记者。陈翠婷见来了这么多讨厌的人，立刻炸了，拦在众人中间，躺下来打滚撒泼。警察先是劝，但陈翠婷叫嚷个不休，哭唤自己触了八辈子霉头，让所有人滚。

警察警告她莫再妨碍公务，再不配合，就要对她“来硬的”。陈翠婷摸爬滚打那么多年，哪里怕这个？“腾”地弹起来，直往那个吓唬她的警察身上趴，嚷着：“你硬呀，你硬呀！”警察躲让了几次，她又朝门口围观的众人嚷，“警察欺负女人，警察强奸女人！”

几个警察立刻对她使绊子，给她上了手铐，拎她到警车上。

5

陈翠婷在拘留室中相当恼火：在荤场做事好几年，一次都没蹲过局子，正儿八经做买卖了，倒被关来这晦气的地方。

那个去指认现场的瘦高个儿关在隔着铁栏杆的旁边一间，晚上要被送去看守所，现在倒有空盯着她，眼神很不干净。

陈翠婷骂："枪毙鬼！做的烂事，害老娘也遭殃！"

瘦高个儿笑笑："你骂我一个做啥，砍人的还没抓到呢，等抓到了，你骂他去，我只是个帮衬的小瘪三，吃花生米的待遇还轮不到我。"

陈翠婷好久不吭声，听见外头铁门响了，进来两个警察，一个问她："脾气下来了没？"她白了这警察一眼，另一个警察就说："行，你就再蹲一会儿，什么时候没脾气了，什么时候再放你。"

铁门又关上了。

瘦高个儿嘻嘻地笑话她，骂她真是个女憨包："跟这儿较什么劲儿？"陈翠婷挨过去一点儿，小声问了一句："那个男的没抓住啊？"见对方没听清，她又调高了嗓门，“那个没抓到吗？”

瘦高个儿上上下下地瞅她，瞅得她心慌：“干吗，惦记人家啊？”陈翠婷就骂神经病，哪块石头里蹦出来的都不晓得，一毛钱不挨着的人。

“你不认得他，不代表他不认得你。”瘦高个儿忽然来了一句，像是晴天霹雳。“嘿嘿，我俩到你店门口抽烟时，他跟我讲认得你，是老相好。还以为他吹牛呢，他又讲你身子白，左侧胸上有一颗茶色痣，还比画大小给我看，像颗红豆……”

瘦高个儿说这话时，眼睛扫描着陈翠婷的胸口。陈翠婷想到刚才在店里撒泼的场景，又仔细一琢磨——当年抓嫖时，她藏在门缝里，那人在外头铁定是认不清她面孔的。于是陈翠婷立刻骂：“放你娘的狗臭屁！少编排老娘，臭流氓！”

瘦高个儿笑得拢不住嘴，陈翠婷觉得这是个问话的时机，就把心窝子里憋着的一番话，小声地问了出去：“那人蛮猛哦，剁人家一只手眼睛也不眨的……他是你好弟兄吗？”

挨到晚饭时候，陈翠婷才从派出所出来。

一家人早在派出所门口等着，男人的残疾三轮车也开来了。陈翠婷看着父母、哥嫂和抱着小团子的男人，心里像坠了铁，千斤万斤的，人直往下陷，像陷进了一个大泥潭子里。她浑身没了发火的劲头，就让这一大帮子人怎么来的怎么回去——他们帮不着她一丁半点儿的忙，除了在马路上添堵，还在她心里头添堵。

陈翠婷弄不清自己为什么要打听那个“不相干”的人，还打听得这么细。

但她还是知道了，男的也姓陈，叫陈宏斌，比她小两岁，28 岁，没成家。老家是本地县里的，上职校时就是地界上有名的痞子，家里条件蛮好，有个在苏州当军官的叔父。当初父母管不住他，送他去叔父那里当了几年兵，复员时，叔父已转业到公安系统，便继续沾光，进了那个派出所当协警。

若是正正经经做事，陈宏斌本有入编制的机会。问题出在 1996 年，他跟队带一个强奸杀人犯去一处顶楼指认现场，主事民警在楼道里抽了支烟的工夫，犯人就跳楼了。责任倒追时，陈宏斌供认，犯人当时问他“这事有没有个缓儿”，他对犯人来了这么一句：“你把女的杀了，他妈从哪儿爬出来的就从哪儿再钻回去，还要活着干吗？”于是，犯人趁其不备就把自己了结了。

陈宏斌因玩忽职守罪进去蹲了2年，出狱才1个月，就接着端起社会饭碗。那天在鞋店，陈宏斌砍的是公司的竞标对象，公司是县城黑老大的，陈宏斌一战成名了。

瘦高个儿讲完这些，还托陈翠婷帮忙给躲在外头的陈宏斌捎话：近期千万不要回县城，等公司摆平这账再定回程。联络号码也给陈翠婷说了。

陈翠婷醒了几分后就骂自个儿神经病，帮不相干的痞子办这种事。但既然答应了，到头来她只能劝自己：“他帮我一回，我也还这一次。”

最重要的是，她给自己找到一个大台阶：“他害掉我生意，以后若在县城里混出点头儿，他哪能不帮衬着点儿？小地方做买卖，野蛮的，不沾点儿痞，哪能真正站稳脚？”

陈翠婷料想不到，这种事情针扎一个眼儿，接下来刀就能撕开一块大口子。

她给陈宏斌通风报信了，电话里的口气很不客气，只让他千万躲着点，“万一当了枪毙鬼，找不到人讨账了”。陈宏斌笑问：“哪个朝代啊，砍人一截手掌，就要我当枪毙鬼？”她就骂：“你这种狠心黑肺的小瘪三，活着是祸害，枪毙你一次都便宜你一次。”陈宏斌火了，问她是什么人。她就自报家门，“美婷鞋店”，又讲，你害掉我生意，不死你就来赔我！陈宏斌就在电话里笑：“我一定来赔。”

陈翠婷赶紧撂了电话，之后就过去了一年。

闲暇时，陈翠婷有时也想，那个陈宏斌是不是真的进去了，怎么从未来过鞋店？要是未曾进去，自己起码算是他的“恩人”，他说过的话就是放屁。不过，她又赶紧劝说自己，幸好没和这样的人产生瓜葛。

这堆搅人的心思很快都过去了，店里的生意又占去了她所有的精力。

6

这一年，鞋店的生意又恢复了，小团子也上幼儿园了，她开店忙得顾不上，就不让男人修鞋了，让他当全职爸爸。

有一天她忽然想到，自己不知多久没抱过女儿了，夜里想去抱一会儿，不承想女儿却吓哭了，搅得全家人半宿都没觉睡。

小团子4岁生日那天，陈翠婷店里关张了一天，一家人在酒楼摆了一桌，蛋糕订了好大一个。本来计划中饭吃完，全家人打上一下午牌，到了晚饭的点再续上一桌。结果中午这顿菜还没上全，陈翠婷就发脾气了——她想让小团子坐到她腿上，自己夹菜喂孩子，可小团子很不情愿，菜就从嘴巴里吐出来了。陈翠婷火了，一筷子敲在小团子嘴巴上，孩子哭个没完，直往爸爸的怀里趴。

陈翠婷冷静下来，觉得自己这个娘不称职，跑去翻翻女儿的嘴皮子，都肿了。她去卫生间抹了两把泪，叮嘱剩在包厢里的人陪小团子吃好玩好，就去店里了——今天有她这个吓人的娘在，女儿的生日就过不好。

往常下午两点之后，店里总是满满当当的人头，陈翠婷眼睛都要盯出血丝，生怕有手脚不干净的人顺走东西。可那天一个人都没有，鬼一般的蹊跷。陈翠婷乏了，趴在收银台合了一会儿眼皮，明明听见有脚步声进店里来，还是困得抬不起头，只能将嘴巴捂在臂弯里喊了声："自己挑一下。"

但这人却不是真心买东西的——她听见玻璃柜台被两根手指敲来敲去，一股浓烟也从她胳膊缝隙里钻了进来。她猛抬起头，正要开骂，只见一个黑汉站在跟前，两根手指夹着一根烟，冲她吐烟圈儿。

人看清了，是剃了光头的陈宏斌，手腕上戴着一块金光闪闪的劳力士，胳肢窝里夹住一个黑皮包，鼓鼓囊囊的。

"神经病啊你，烟往人身上喷！"陈翠婷骂道。

陈宏斌将烟叼住，从皮包里抽出一沓钱，足有1万多，摔柜面上，又将一嘴烟细细地喷在陈翠婷脸上。

"撕烂你的嘴！谁稀罕你的臭钱，也不知道是偷来的抢来的！"话刚说出口，陈翠婷又赶紧将钱抱到怀里，"不管你什么钱了，总归是必须赔我，我被你害掉大半年生意，这还少呢！"

她一边说话，一边点钱。陈宏斌续上一根烟，在店里转了几圈，挑了一双军靴在脚上试着。

"挑一双穿走。"

陈宏斌将鞋放回原处："你这儿都是假鞋。"

“不要拉倒。”

陈宏斌绕回柜台处：“那个电话，到位了，我当天本来要回来，要那天被逮住，公司再怎么运作，我起码要坐 5 年牢——那个电话免了我 4 年牢。”

陈翠婷高兴了一下，又赶紧端住样子：“狗屁公司，就是痞子窟！”然后又甩甩手里的钱，“说就这么点儿？算报恩了啊？你给我当 4 年劳动力才差不多呢！”

陈宏斌板着个脸，走到店门口：“等你打烊，我找你一块儿吃个饭。”未等陈翠婷应声，就出去了。

假若换一天，陈翠婷也不会去吃那顿饭。但那天一家人的晚餐是订好的，她本就心里酸酸的，也就不想去吃那顿饭。

两人喝了很多酒。陈翠婷没了时间概念，醉意蒙胧，等意识到很晚了，抓起包就往街面跑。陈宏斌跟在她身后，两人在路上追来跑去。

小县城的夜街冷清，路灯却布置得暧昧。陈翠婷有些犯癫儿，抱住一根儿电线杆，隔两三丈远，冲陈宏斌喊：“你晓得么，我们很久很久的以前，见过哦——”

陈宏斌不吭声，慢慢朝她走来，她往后退几步，打着旋儿，仰着脖子大喊："你要是认不出我，立刻我们就分道扬镳，仅此一次机会——"

等夜空的回声落了下来，陈宏斌不见了，她眼前只剩一条灰蒙蒙的柏油路。她的心一下子都空了，酒劲儿退掉大半，转身朝店的方向走，忽然两束强光打来，车在她身后刹住，车窗摇了下来，陈宏斌钻出头："你跑你的。"

她就笑，一巴掌扇在陈宏斌的光头上，又跑。车子跟她后面，灯光罩着她，她跑得欢畅，一直跑到店门口，才觉得累，先是蹲下来，又借着酒劲直接躺在大马路上。

陈宏斌下车后，也蹲下来，细细地瞅她，点一支烟。那支烟抽完，陈宏斌猛地将她抱在怀里，一只手搭在她的胸脯上："你说说，我们在哪儿见过呢？"

"一条儿缝里。"

……

陈翠婷自己疯过了头，彻底失控了。

事后，她告诉自己，即便面对的夜晚如刀割似的漫长，也绝不能再和陈宏斌产生半点儿瓜葛。她每天都在店里安排自己，让自己累点儿，再累点儿。打烊回家后，她抢着洗衣做饭，有一天甚至主动跟男人亲热了一回，一早又赶着起床做早饭，还给小团子梳了好多条麻花辫，送她去了幼儿园。

社会人很要面子，既然她不主动，陈宏斌也不会来黏她一个已婚妇女，很快两个人就疏远了。陈翠婷庆幸这份安全，庆幸自己苦心浇筑的生活堤坝尚未被那次欲望的洪水冲垮。

7

日子像翻书那样轻巧，小团子转眼上初中了。

陈翠婷的生意也搞大了，买了间商铺，还买了150平方米的房子。婚初跟娘家人要的那点儿滑头也摆平了，十几万礼金只多不少地给了哥嫂。经济地位令她成了家里的独裁者，除了叛逆期的小团子时不时地搅一下她的心肝，她对自己掌控住的人生已经相当满意。

一家人都在给陈翠婷打工：嫂子管配货，哥哥是司机，丈夫那台修鞋机器早被她丢给了收废品的——她让男人自学了电脑，安排他做一些最基本的财务统计。老爹老娘也来帮着料理家务，小团子整个小学阶段都是二老接来送去，风雨无阻。

小团子升了初中，两个老人便照顾不来了，尤其是管伙食的老娘，记性衰退得厉害，钥匙忘家里好几趟，街道的开锁匠都混成了老熟人。还有次午觉醒来错以为是早上，慌忙要给小团子买早餐，就在楼道里崴了脚。

陈翠婷就动了请保姆的心思。

华姐是邻县来的，42岁，丧夫，有个在本县机械厂务工的儿子，20岁。起初陈翠婷并不中意她，初会面时，她倚在中介公司的门口嗑瓜子，嘴角挂着两颗米粒大小的唾液。陈翠婷心想，这么个农村妇女得多不卫生。

小地方的中介公司找点儿办事的人头相当不易，陈翠婷不能挑三拣四，不然事情还得再拖个把月。老板也跟陈翠婷咬了耳朵，叫她把人先领回去，干几天试试，有合适的再换。

当晚，华姐将个人物品搬进陈家后，不声不响就做好了一桌菜。一家人尝了几口，都惊呆了。小团子更是吃得欢，平常吊儿郎当的叛逆期少女，一顿饭的工夫就“华阿姨华阿姨”地叫着——她可是脾气上来连自家姥爷都喊“臭老头”、连自己亲爹都喊“铁拐李”的小公主。

陈翠婷用筷子在盘子里捣来搅去，只想挑出根儿头发，败一败这保姆的“威风”，但什么也没挑着。

华姐将家务事料理得相当好，陈翠婷每次到了家门口，总听见一屋子的笑声。她觉得别扭，好几次去中介所问有没有合适的新保姆顶替，但回头想想，好像是自己心态不好，没事儿瞎吃一个保姆的醋。

但很多天观察下来，她顿觉情况不对——家门里的笑声总在她出现时止住。

她挑不着华姐的毛病，不便发作，有天忽然发现新买的名牌口红矮掉小半截，不由分说就喊华姐到面前来审着，逼得华姐眼泪汪汪。岂料小团子放学回来，直接冲撞了她，说是自己用掉的，一副大义凛然的样子。

陈翠婷下不来台面，就打了小团子一耳光，晚上才得知小团子在学校进了表演班，近期排练节目，需要化妆的。那天她很难堪了，跟华姐道完了歉，还要去哄小团子。

又过了一些日子，陈翠婷发现情况是越发不对劲了——她在丈夫脖子上发现一处红斑，像是嘴巴嘬出来的。直觉告诉她，男人和华姐搞上了，但又怕是误会，便把这件事憋在心里，只等一个逮住两人把柄的机会。

她不介意男人偷这一顿腥，反倒还有些兴奋——这是赶走华姐的好机会，这样男人今后更加得埋着头过日子，她的大权就更为牢固了，也就无须为多年前自己那一丝丝的瑕疵迁就谁了。

陈翠婷左思右想，觉得自己根本不用去揭穿什么，直接辞退了华姐就是，心里有鬼的人自然不敢多说什么，如若他们清白，就把她陈翠婷当几天恶人好了。

等真开了口，陈翠婷就被华姐那对儿“青蛙眼”吓住了——那两颗浊黄的眼珠子简直是在她身上反复钉打着。她有些愤怒，问华姐这样瞅人有毛病嘛。华姐将眼珠子缩回去，眯成一条儿缝，话不多说了，离开前却在刚拖过的地板上啐了一口痰。

陈翠婷消了几天的气，日子总算又回到了自己的手掌心里。

她也进行了一次彻底的自我反省，一个礼拜没去店里，在家研究厨艺，却端出来一盘煳掉的红烧鸡翅。她执意接送小团子上学，却被贴在报刊栏里的分数表气昏了头，先在小团子班级里发了一顿火，到家后又将男人劈头盖脸的一顿骂，最后气呼呼地自己抹眼泪，骂全家人都将她这位老娘当外人了，小公主成绩差到这步田地，谁也不曾吱过一声。

有天，她抱被子出去晒，竟在被罩拉链上发现几根头发，几根卷毛，一秒钟不用想，她就清楚是华姐的。她拈住发丝冲到房里，将它们直接塞到丈夫嘴巴里，又抓起靠在床边的双拐，对着男人后背、脖颈、头顶一阵儿猛敲：“你个废物，胆子这么大！你个废物，竟然在我的床上乱搞……”

男人稳在那儿，像一座黑塔，任她烧任她烤，等她火气消尽了，忽然说了一句：“那天我给你送饭的……”

陈翠婷被这没头没脑的一句话弄蒙了，男人又补充一句：“小团子 4 岁生日那天，我去给你送饭，就在店里坐着，不想费电了，就没开灯。”

陈翠婷吓得往后一躲，男人的头顶正巧流下来一道血，她仿佛吃了一记重拳，双腿一软，瘫坐在地。

她看眼前这个男人绝不像最初那样肯拿命来迁就她的样子了，好似另一个卧薪尝胆、忍辱负重，关键时刻出手、一招便拿捏住她的劲敌。

日子到了这一步，陈翠婷就不得不做出让步——怎样也得将面上的日子过下去，怎样也要让小团子读完书、成了家。她服软了，自己虽有过那一次错，但男人在华姐那儿不知偷腥了几回。可谁叫她是个女的呢？第三个人知道，还是她不占理。

一天晚上，丈夫破天荒地喝了不少酒，夜里在床上，问了句："我俩结婚前，你是做什么行当的？"

"这些年我一声没问过，是觉得自己沾了你的光，有这么一个家……其实仔细想，一点不难明白，你陈老板一身的床上本事，银行里又不晓得存了多少钞票，哪个猜不出你做过什么行当呢……这个家都是你陈老板布好的局，我一残废佬也不妨碍什么的。"

陈翠婷被他说得心火上来了，烧得太厉害，跑去卫生间抱着水龙头灌凉水，灌得眼泪汪汪，忽然明白了什么似的，跑到床头，用指头戳着男人，指头恨不得戳断掉，问："这些话是不是那个烂货教你的？"

男人不吱声，好半天才说了俩字："离婚。"

陈翠婷明白了，男人今天喝这么些酒，就是要鼓足勇气跟她交代这两个字，他要跟那个保姆好，要追求自己的美好人生去，不想再成为这个家里的一块填充物。

日子像沙雕一样坍塌了，陈翠婷自以为有双严丝合缝的手，竭力捧着，却捂都捂不住。

谈离婚协议时，陈翠婷的底线是小团子得归她，钱和房子好商议。这正是华姐最高兴的地方，所以协议很快便签了，用不着多费口舌，她直接掏钞票就行。

8

离婚后的日子一点儿没让陈翠婷觉出苦，她反倒睡得更踏实了，这是她没料到的，好像千斤万斤的担子撂了下来，只怪先前自己将一些事看得太重，丢了骨气。

小团子照旧不让她省心，好几次偷偷去了她爸那儿过夜。陈翠婷生气归生气，但知道打骂是不管用的，而且心里自信，她供女儿上学，供女儿买名牌衣物，将来还得出女儿的嫁妆……女儿总有一天知道她的好处，她不信华姐那儿餐合了口味的饭菜能夺走自家闺女的心。

这样想着，陈翠婷更要把所有心思都摆到店里，钱才是她唯一的靠山。

小团子上了高中，陈翠婷察觉出她有早恋的苗头，具体的时间却记不准了，或许是高二。她收脏衣服，发现女儿的裤头上有血，可那天并不在小团子的生理周期内。那一刻陈翠婷有了不祥的预感，但她着急去店里，小团子又去了学校，就没追上去查问。

就是这么一个疏忽，让陈翠婷自己这辈子都丧失了当娘的盼头。

有一天，小团子忽然就从学校窗户跳了下去，幸好楼外是一大片农田。到了医院，医生查出小团子都怀孕三四个月了，陈翠婷差点儿疯掉。小团子住院期间，她不晓得在床头骂过多少次，逼急了，小团子才讲出了那男的是同班辍学的一个痞子，比小团子还小几个月。

陈翠婷上门去讨说法，对方家长却是蛮不讲理的人，小痞子更是嚣张，一嘴一个“××”骂得她几步倒退，骂声之中还带着一阵儿“毒刺”。

原来小团子从华姐的嘴里得知陈翠婷以前“不干净过”，跟小痞子相好时，也将她这位“脏老娘”当作谈资。陈翠婷倒不是没做好挨这种骂的心理准备，但活到那天，却真就没人这样当面骂过她一声，再怎么样，也轮不着小痞子这样骂她。

陈翠婷掉转头回家，摸了把刀再来，照了面，一刀捅进小痞子的小腹，又往下割。捅完人，她身体软得像团泥，也不知怎么就逃到了街上。没什么人追她，都顾着救小痞子了。

她招手拦住一辆出租车，说：“我杀了人，你送我去自首。”话音刚落，便从皮包里掏了一把钞票，撒到方向盘上。

几张钞票从车窗里飘了出去，司机下车去捉。她想，她陈翠婷没能垒出一座五指山，倒把自己变成了母猴子，五世不得超生。

小痞子命硬，肚子上缝了几十针，肠子少了一截，照旧恶气冲冲，在法庭上恨不能捶打陈翠婷一番。

陈翠婷获刑 5 年，还要承担 20 多万的民事赔偿——这笔钱她本想着赖掉，好歹都是蹲大牢去了，何必再掏余粮喂狗？但她又怕这种小痞子作恶没分寸去祸害家里人，索性也认了这笔钱。开庭那天，陈翠婷没见一个亲人，又被小痞子一家子口水围攻，觉得“人活得这样失败，跟死掉的没两样了”。

小团子肯定要住在最讨厌的华姐那边，想想都让她烧心。转投监狱那天，哥嫂可以来看守所见她了，她便叮嘱哥嫂好好料理店铺生意，好好料理父母的身体，会见时间到了，她又格外多说一声：“小团子的生活费不要缺。”

9

陈翠婷是那种人堆里能迅速“出挑”的人。

她分在 4 监区服刑，劳动岗位是给牛仔裤“上腰”，这活儿一般人拿不下，她不到半年，每月能领到200块的奖励。

前两年，她看不上这200块，到手了也是大账上买些零食分给生产线上的姊妹。后两年，哥嫂忽然不来探监了，生活费也不打了，唯独老爹跑来见了她一面，鼻涕一把眼泪一把，只骂她哥是个畜生，赌钱被人下套，将鞋店输掉，还欠了一屁股债。哥嫂躲着不见人，开油炸店的孙子倒在乡下被几个讨债鬼打断了肋骨，生意也做不下去了。

老爹说到这里就卡住了，卡了好半天，竟扑通给陈翠婷跪下，掏出一份房屋买卖委托书，逼她卖房搭救她哥。

陈翠婷心如死水，她站起身来，在委托书上画了几笔，然后，请求干部领她回去。

那天，她半夜里睡不着，如果当年不去外省，跟其他老实本分的乡下女人一样生娃结婚，她今天活成什么样子？

如果当年她少去一点儿天真，不去高摘一个“全心全意”的男人，嫁个一般的、普普通通的，她今天会活成什么样子？

如果那刻不和陈宏斌吃饭，不在夜街上疯那一回，抓牢自己选定的这种人生，男人还能和华姐跑吗？她今天会活成什么样子？

如果她不开店，好好将心思放在小团子身上，像千千万万个当妈的一样，她今天活成什么样子？

她躺在牢房的床上想了一宿，因为明天早上爬起身就腾不出半点儿再想的时间，“劳动洗刷罪恶的灵魂”——生产线对面的墙上就贴着这么一排蓝字，扎她眼睛。

她翻来覆去，数自己到底几桩罪恶：

一个卖过身、离过婚又坐牢的女人，好像是罪恶滔天了，但世界上唯有她了解自己——她想通过自己的努力，孝顺老爹老娘，让他们享享清福，不要被哥嫂吸干净了化为枯骨；她想当个顾家的妻子，努力赚钱，将小窝弄得漂漂亮亮；她更想成为一个称职的母亲，让小团子读大学，甚至出国，当音乐家、表演家、画家、作家、科学家……反正肯定要比她这种出身的女人高一截，高一大截。

她觉得是最初入错了行，一切都是报应。但所有苦也承受了一遍，她又毫不服气，只觉得老天爷也是个新手厨子，对她千刀万剐，只雕出这样一种荒废的人生。

“你倒难听见一声用‘嫖客’骂人的。”那些曾经的客人，他们都那样幸福美满，妻子贤惠顾家，儿女也有模有样，他们还有欲望的消金窟呢。她一个女的，怎么就没法儿那样活一遭呢？

哭霉几个枕头，陈翠婷牢门里的日子也快熬掉了。

她减了1年刑，2017年夏天，还有18天余刑时，她忽然开始谢顶。她想，自己莫不是要变成华姐那种模样的女人？想着想着，肠子都绞痛了，头顶心的几缕余发脱得更加快了，不如剃光拉倒。

那段时间，生产线接了一单外贸肥佬牛仔，布料考究，陈翠婷就搞了点儿私活，画样设计，要做一顶帽子。姐妹们都来出主意，说现在外头流行渔夫帽，陈翠婷真就戴着一顶渔夫帽出狱了。

孤零零地进了家门，一个白发老太在大太阳下面晃荡，陈翠婷看出是老娘，怪她不怕中暑，问她这样的热天在外头做啥。老娘瞥见她，却认不出她，憨憨地笑，只问：“找我家翠婷吗？我家翠婷去广东了，挣好多钞票的。”

早些年老娘就已经有了痴呆的苗头，但谁也腾不出时间顾她。陈翠婷将老娘搀进屋，屋内一股尿骚味，到处乱得不成样子。哥嫂躲债去外地，老爹又要帮着照料孙子的油炸店，也不晓得几天才能顾得这位痴呆老伴了。

陈翠婷清理屋子，从窗台的蜘蛛网里摸出半包烟，抽了一根，蹲在门口想，虽然出狱了，可这倒霉的辰光是到不了头的。

她晚上搂住老娘睡，老娘捋了捋她后脑上新长的发茬，问她是哪家的丫头啊，才多大啊，辫子还不够编呢。她倚在老娘胳肢窝里，想要是这样醒不过来多好。

10

陈翠婷忙着找事做，也想到了重拾老本行，但镜子里照照自己，稍微一笑，满脸都裂开了皱纹，加上一颗秃头，她怕是去公园里招呼老头，也没人肯掏钞票的。但退一万步，她也不想去搞家政。否则岂不真是一步步活得像华姐了。

出来很多天了，她好几次打消了去看小团子的念头——当娘的何必这样没骨气，争着抢着去见那样不孝顺的女儿？她劝自己只当没生过，可偏偏就在大市场撞见一回了。

小团子、华姐、前夫，一家三口支个摊儿，卖各种零碎。男人重整了一个修鞋摊，旁边还卖剪纸和窗花，好像都是他那双粗糙的大手一张一张剪出来的。陈翠婷一点儿未曾知道男人还会剪纸。一会儿，有个骑电动车的男孩来接小团子，男孩穿着厂服，应该是小团子的男朋友，两人估计一起进厂上班了。

陈翠婷略微有点儿欣慰，小团子该是踏实了，头发也不再是绿的黄的，像个正常女孩子的。电动车从她身旁擦了过去，幸好她戴着那顶渔夫帽，谁也没认出她。

她又绕去了曾经的店铺那儿，门头上还有“美婷鞋店”的胶底字迹，发黄发黑。这个门面开倒了几家店，眼下变身成了一家足疗按摩店，正在装修。老板要整一块巨大的荧光招牌，这一回，肯定能将几块脏字彻底铲除。

陈翠婷到底还是要去做家政，但她有两个基本要求：工资要现结，只服务孤残户，不给美满人家当保姆。

有一天她撞见个熟人，是当年一起关过的瘦子，他被人挑了手筋脚筋，坐了2年轮椅又中风了，瘫在床上几年，一直吃低保。这次请家政，是因为家里房子要拆迁，父母当钉子户钉坏了身体，都住进医院，开发商为了安抚人心，主动花钱给钉子户的“废品”儿子请保姆。

瘦子没认出陈翠婷，像个大爷似的指挥这指挥那。瘫那儿的一个人，一天也要抽掉两包烟。嘴巴也很不干净，三句话里有两句在骂娘。

陈翠婷也不多话，家务搞得很仔细，隔两小时就帮他翻身一次。瘦子抽烟时，陈翠婷要帮着喂香烟，盛烟灰。

这种时候一句话不聊就尴尬极了。瘦子总在感叹一件事，他骂对门的呆子，从小就在院里受欺负，当马给他们一群坏孩子骑。他是坏孩子的头，最有本事的人，却不料整日提着刀砍来砍去，混到了今日的下场。那呆子却因拆迁暴富，40 多岁的人了，娶了一个不到 30 岁的瘸子老婆。

陈翠婷没搭他的话。

好几天后，瘦子要搬新房了，开发商也不贴家政费了，钉子户老两口重新接管的时候，陈翠婷忽然站在床头，问了一声："陈宏斌怎样了？"

瘦子的眼睛瞪得极大，慢慢又撇了脸儿，吼了一声："什么陈宏斌？认不得！"

陈翠婷从这户出来，站楼道里想了好半天。她想不通，瘦子认不出她倒也正常，怎么会记不得陈宏斌了？但她又想，当年店铺砍人的那种疯狂，也许只是人家平平常常的一天。不过她还是确信瘦子在装傻，他不承认，也许是他们这些混混，刀难免有落到自己人头上的时候。

陈翠婷想到这儿，就像乌云深处打起一串闷雷，老天顿时昏暗得没了地步，也不准发出一声儿响，只在她的心肺肝肠里劈炸、灼烧。她一步步往前走，心里藏了很久的一种东西，正一下一下地死掉。

有一天，陈翠婷发现老娘床头挂了一个佛缘布袋，里面装着发霉的香。她想起家门口有座名庵，就想，倒不如去做个尼姑。她挎着布袋，往山上去，名庵在山腰处，好多的人啊，香火气隔着几百米都闻得见。

她不晓得这儿的菩萨愿不愿渡她——她一辈子没想过当恶人，她有千般万般的苦衷，菩萨不该不晓得，哪能不渡她？

她走到庵门口了，一个检票的尼姑拦住了她。她没想过这儿是要票的，出家的念头立刻就打消了。

她又往山下去，山腰敲响几声暮鼓，惊雷一样。

后　记

从陈翠婷的讲述中，我也无法确认陈宏斌到底是死是活。更何况，陈宏斌可能根本就不认识陈翠婷——或许这只是一段太过于普通的露水姻缘，但这却是陈翠婷这一生所拥有过的唯一可以称得上是“爱情”的东西了。

于是，采访结束了。我心里纵然还有太多疑问，可面对陈翠婷，我终始也无法问出口。

12

『诗』和『远方』

前 言

前几个月，一位女监的狱警向我介绍了李晓梅。因为疫情的缘故，我们有了充足的线上对谈时间。李晓梅因故意伤害罪获刑无期，实际服刑16年，其间因脱逃罪加刑1年。2018年出狱后，李晓梅撞见一位独自远行探监的小女孩。于是，李晓梅出狱后的第一件事，便是将这位10岁的小女孩送回老家，小女孩的老家距离牢门有500多公里。采访结束，整理完故事的所有素材，我发现整个故事简直就是“诗”和“远方”。

1

李晓梅出狱当天就很不顺。

按释放流程，管教要在8点前带人办手续，大账本结算，随身物品检查，签释放证明，三个手续走完，也不过一刻钟，就算遇上一些突发事件，撑不过8点半，人总该能站在外头了。

可那天早晨9点半了，李晓梅还在服装车间里晃悠。

听说是开车的主班管教在路上抛了锚，副班又忙着盯一批返工的外贸订单，管事的干部竟都忘掉了她。等干部们想起来，监区慌忙指派一位实习警官去办手续，闷热的天，180斤的胖警官引着李晓梅跑步前进，一路上都在气喘吁吁地埋怨：

“主要原因还是你自己啊。自己16年牢坐下来了，今天都要出去了，还不声不响……还坐在3线后面帮别人剪线头。你要是一早站警务台那儿，还能出这事？”

李晓梅瘦，但比胖警官跑得更吃力。她穿着一条蓝裙子，这是几个好姊妹在生产线上赶的“私活”，选的是最好的料子，工艺也没得挑，很合她的身段。她不想崩坏这条裙子，就停下来，扯住胖警官，“不赶这点儿时间的，跑也跑不动了”。

胖警官的警服已经湿了大半，左右瞅瞅李晓梅，问她是不是坐牢坐傻了。刑满释放啊，怎么这样打不起精神？倒像是赴刑场的，能拖一步算一步。

李晓梅也不是不愿回家，只是那个家，早都跟她不相干了。

在牢里蹲了16年，李晓梅的弟弟只来探视了两次，第一次是来通知她老爹走了，肝癌，治病花了小10万，账不用李晓梅摊，但两间原本分给她的平房要推了盖楼房，等她出来了，留个小房间让她落脚；第二次是来通知她老娘走了，脑瘤，没能力治，紧着一些钱花在了坟头上，等她出来了，就去坟头添几铲土，哭上几声。

李晓梅清楚，弟弟的意思是老娘走得不甘心，一方面是惦记着牢门里的女儿，另一方面也是怨恨女儿给家族丢脸。

糟心事来不及想了，两人走到监狱二道门处，胖警官办好了相应的手续，将一只信封塞到李晓梅手心里，是5000块钱。

“账弄多了吧，我自己的劳动报酬自己清楚，每年只余下了200来块，16年应当超不过4000块的。”（监狱会给劳动能手发劳动报酬，李晓梅每月能领到30元至1000元）

“少啰嗦了，给你多少就拿多少。多的是警官们给你凑的，也没时间请你吃饭了，就当摆桌酒的钱。”

服刑 16 年，李晓梅是生产车间的“快手”，管教眼里的骨干犯。

春天，她过生日，大队长总要去伙房帮她加一顿长寿面；夏天，副教导员给她一盒痱子粉；秋天，监区长会送她一瓶大宝；等到了冬天，又会在她床头摆上一支冻疮膏。因为常常帮人抢工，狱友们待她也很好。另外，她还在监狱里参加了成人自考，学了 5 年，考了 4 年，终于读出来一个本科文凭……

眼下，抓着胖警官塞给自己的鼓鼓囊囊的信封，李晓梅更不是滋味了。活到 30 多岁，只在这种地方感受到了一些温暖。胖警官将她送出大门，两人握手，拥抱一下，警官拍了拍李晓梅的后背，讲“在外面好好的啊”，便转头回去了。

2

铁门刚关上，天色瞬间暗淡，空中响了几记闷雷，半点儿不给人退让的时间，豆大的雨珠直往下落。

雨势磅礴，天漏了似的，李晓梅慌乱地躲，裙子湿透了，就见雨雾中还有一个小小的身影也在东躲西藏。水汽太大，她的眼皮都睁不开，没时间分辨那是猫狗，还是谁家玩水的孩子。

不出一刻钟，太阳出来了。李晓梅顾不上身上的潮气，赶紧将钞票铺到门口一只石狮子的头上晾着，身后却有一只手在扯她，是个小女孩，穿一件男童衬衣，全身都湿透了。小女孩格外瘦弱，两边的肋骨都从湿衬衣里透了出来。

女孩朝李晓梅举起一把湿成团的钞票，看来也想在石狮头上晾晒，但她是个小不点，踮着脚也够不着。李晓梅便做了这个“举手之劳”，一边晒一边点，一共875块，票子都铺开了，石狮的头戴了个花花绿绿的破帽子。

“你是谁家孩子，大雨天出来乱跑，谁给你这些钱的？”李晓梅一边拧头发里的水一边瞪着小女孩。

这孩子有些营养不良，头发剪得很短，参差不齐，应该是没耐心的家长亲自操刀。

“你哑巴啊？问你话呢？信不信我把你钱没收了？晓得这里是什么地方吗？跑到这儿来玩水！”

李晓梅故意将头发撩开，用一张疤脸去吓她。

“阿……阿姨，再……再帮我一下。”孩子从口袋里小心翼翼地夹出一张彩色纸，是“三好学生”的奖状，快烂成两截了。李晓梅接到手上，翻开来，铺在狮子头上，见上面写着“× 县 ×× 小学一年级 3 班辛翠翠被评为三好学生”。

李晓梅一惊，× 县在邻省，少说也有 500 公里，小女孩怎么会出现在这里？

翠翠家里只有个 70 多岁的奶奶和一个小弟弟。她父母都吸毒，家底早被吸空了，又没挣快钱的门路，只能给上家当“背夫”。不想被捉了双，父亲被枪毙，母亲出事时正怀了翠翠的弟弟，保住了命，判了无期，等孩子一断奶，就被收监了。

奶奶平时要去抛光厂做工，弟弟只能由翠翠照顾。村里正常的入学年龄是 7 周岁，翠翠晚了两年，10 岁才上完一年级。她一直在家里当小大人，择菜、做饭、喂猪、照料弟弟，做各种家务。

翠翠可不是一般孩子，算是个过日子的小行家——村里有个酒糟鼻叔叔，工伤致残，老板跑了，没拿到一分钱的赔偿，躺家里好些年，没事儿就喝闷酒，鼻头越喝越红。酒瓶盖子是铝的，翠翠帮酒糟鼻叔叔买酒，叔叔就帮翠翠收集铝盖头，一斤能换10块钱；还有隔壁小胖子的可乐罐，那是个在翠翠眼里格外幸福的傻大个，虽然他生下来就缺脑子，但招爹娘疼，跑东跑西将他往各处学校里塞，退回来又塞进去，一年四季都不缺零食……

翠翠教大傻胖“丢飞盘”，将可乐罐踩扁，丢出去，落得到处都是，翠翠就捡回家囤着。有时砸中了人家的玻璃，大傻胖也逃不了父母的打，翠翠听见他“嗡嗡嗡”的哭声，心里就高兴。

一学期过去，翠翠有了75块钱的存款，在村里同年龄的小朋友里，算得上是个小富豪了。

翠翠知道奶奶有个铁盒子，里头装着妈妈寄来的信，奶奶不识字，每次都让翠翠读。翠翠读不全，又结结巴巴，奶奶实在是没耐心听，每次都发脾气将信抢过来撕成两半，扔又不舍得，就偷偷放在铁盒子里，信下面还压着800块钞票。

翠翠晓得，奶奶每个月给妈妈存100块，存到年底就去监狱“上大账”。等到年底，奶奶会带上她，火车票只能去黄牛那里买，咬了牙撑住，只要穿过9条隧道，再从一条漆黑的山脊驶下，熬过一个夜晚之后，她就能见到妈妈了。

每回奶奶和妈妈见面都要吵架，妈妈骂奶奶老畜生，是她生的小畜生——也就是翠翠的爸爸将她引到这条路上。奶奶就骂妈妈枪毙鬼，以后枪毙了也不给妈妈葬进辛家的坟头里。奶奶还跟妈妈算账，说买她回来就欠了两三万，盖房子又欠了几万，儿子被枪毙、老伴病死，治丧又欠了几万，这些账她一个老婆子到死也不见得能还清，能赶过来给她上大账，已经仁至义尽了。

如此一摊牌，妈妈总会歇斯底里，猛拍会见室的玻璃，翠翠就在一旁吓得哇哇大哭。会见时间本来就只有半小时，妈妈这样一闹，管教立刻就要中止见面。一老一小千里迢迢赶来，半小时也聊不下去。

每年奶奶都赌气说不去了，到了年底还是照样去，但去年她不带翠翠了，带了弟弟过去，情况似乎好了一些。这下轮到翠翠赌气了，她决定偷偷攒点儿钱，暑假离家出走——选在这个时间，主要是不想带那个调皮鬼弟弟，而且她还要争张奖状——这样，奶奶和妈妈就知道她跟弟弟哪个更金贵了。

钱攒到了，奖状也争到了，却不想又惹出了个事端。

学期结束，翠翠得了个“三好学生”，同桌嫉妒，就在班里讲她家的烂事，又笑她是个没爹没娘的结巴嘴。她气得不行，嘴巴骂不过，就用铅笔戳破人家的臂膀。班主任要没收她的奖状，她抓起奖状逃出校门，一直不敢回家，怕挨奶奶的打。

一切都变了性质，前头是赌气，现在是逃灾躲祸。她跑了不多远，还是想妈妈，就回去翻铁盒子，带上钱来看妈妈，再让她看自己的奖状。

弄清了翠翠的来路，李晓梅问她跑出来多少天了，钱又怎么一分没动?

翠翠说十多天吧，沿路搭车，也自己走，捡瓶子卖钱，这 875 块是妈妈的，她不能动。

话音未落，忽然刮起了一阵风，狮子头上的钞票就飘了起来，两人去捡，翠翠摔了个跟头，李晓梅扶起她，看见她小腿上有未愈合的伤口，腰部也是瘀青，问她也不讲，便扒下裤子一看，屁股蛋子也紫了。

翠翠说，自己这一路走得凶险，在一个村庄遇到一只恶狗，狗咬住她的小腿，在泥灰地里拖拽她，幸好周围都是尖头石子，她抓起石子砸狗，好不容易才逃脱。

最可怕的是临到监狱了，遇到一个坏保安。那是荒地里的一家建材厂，附近有个废弃的电话亭，那天已经很晚了，翠翠想在里面过夜，坏保安骗她去保安室，说保安室里有空调还没野蚊子。

翠翠不怕热，家里头也没空调，电风扇和奶奶的蒲扇照料着她出生以来的每一个暑日。但她怕蚊子——从小她就格外招蚊子，奶奶说她的血是香的甜的，所以，十个蚊子九个要来叮她，“还有一个不来的就是傻瓜蚊子”。她问奶奶蚊子也有傻瓜呀，奶奶粗糙的大手蓄上花露水，使劲往她身上抹，抹得她嘿嘿地笑，所有的疼和痒也都忘掉了。

坏保安将翠翠拦腰抱了起来，她叫着吼着，挣扎、踢脚，坏保安就扇她的屁股、掐她的腰，那是铁板一般的巴掌，翠翠都疼麻掉了。她见床头烟灰缸里有亮的烟屁股，就装了一分钟的乖，骗坏保安挪挪身子，等他脱掉衣裳，她就小心够到那枚烟屁股，往坏保安的奶头上放，他疼得跳起来又蹲下去。

翠翠撒腿就跑，夜色淹没了她，也保护着她。

狱门两公里外有家医院，李晓梅当年跳窗摔断了腿，就在那儿打的石膏，她带翠翠去那儿打了狂犬疫苗。中午，她又回到监狱门口，找到教导员，将翠翠的事汇报了一遍。教导员便将翠翠领去了狱政科，准备安排她见一见妈妈，然后也通知了当地司法局。那边也同意帮忙，说要安排人来将孩子接回老家。

这件事有了着落，李晓梅一下又不知自己该往何处去了。

3

日头毒辣，李晓梅想先找家宾馆住一夜。在街面上溜达了一圈，不料又撞见了翠翠。

翠翠没见成妈妈。由于服刑表现太差，情绪常常不能自控，翠翠妈妈的精神出了毛病，已经被转投到省内一家精神病医院了。狱政科打电话给翠翠奶奶，老人家在电话里气得发抖，撂狠话说，自己一老婆子养不活这么不省心的娃，“谁生的谁养，监狱关了她娘，监狱就养这娃”。然后又倒苦水，说自己有灰指甲，大脚趾早都烂了，37码的脚要穿39码的鞋，这次为了找翠翠，鞋里跑出了满满的脓血……总之，她不要翠翠了，她也养不活翠翠。

监狱方还在等当地司法局安排，看找谁来接走孩子，翠翠却找了空跑了——听到奶奶说的话，让孩子彻底伤了心。刚遇见李晓梅，翠翠就扎进她怀里，哇哇地哭起来。

反正自己下一步还没定好去处，李晓梅便想，不如将这孩子送回老家，沿路去拜访几个要好的狱友，就当是一次旅行，说不定还能从狱友那边寻得一点儿谋生的门路。况且这孩子还有几针疫苗要打，狱政科室的人哪能腾出陪孩子打针的闲工夫。

李晓梅带翠翠去了市里，在火车站附近找了一家黑宾馆，用不着查身份信息。她身份证还没来得及办，又不想被别人看见释放证明。不然，一个坐过牢的女人身边站着个脏孩子，麻烦事肯定不请自来。

傍晚，她给翠翠洗了澡，两人又出去吃了东西，逛街时路过一家书店，她就拖着翠翠进去，挑了几本诗文读物，让翠翠在路上背——这么多年，李晓梅是在监狱里缝补完自己破碎的读书梦的。虽然也不知道自考的本科文凭能派上什么用场，但她认定，读书是化解苦痛的路径，不管是什么知识，在头脑里停留一刻，便覆盖了苦痛一刻。

李晓梅是真的想读书，想读书而不得，是她过去半生苦难的起源。

18年前，16岁的李晓梅还是个白净的女初中生。那一年的暑假，气温热得反常。家里有个淘气的弟弟，每天在酱油瓶里撒尿，然后将瓶子放在水泥走廊上晒着，傍晚就像捧着烫山芋那样，在手上抛着玩。

她讨厌这个比自己小3岁的弟弟。为了生他，母亲大着肚子躲在猪圈里保胎，做木匠的父亲为此天天受罚，等淘气鬼生下来，家里的房瓦就被联防队捣翻掉，罚款也高得离谱，够父亲打100口棺材。

她当姐的，有时也忍不了脾气，倒学着母亲的样子，拎起扫把去打。13岁的弟弟已开始变声，细长的脖颈冒出了喉结，就像酒鬼父亲一样，发起怒来，喉结滚动，脑门上爆出青筋，喜欢用粗野的音调骂娘。她挥过去的扫把常被他一把夺走，有时被扔到很远的地方，有时还会反受威胁——弟弟举着扫把伴装还手。

她晓得，如果再不识相，扫把总有一天会打到自己身上。也是从那一刻，李晓梅明白，女人怎样也是斗不过男人的。所以，父亲让她退学，她没抗争。

家里条件只够供一个学生，虽然墙壁上贴满了她的奖状，弟弟总领回来年级倒数的成绩单，但她没法争，也没必要争，就学这个乡镇上其余女人的样子，打份工，嫁个人，生个娃，踏踏实实过一辈子。

母亲看出她眼里的怨，就让弟弟去学校清理她的书桌，将课本带回来，给她留个念想。没想到，弟弟却将十几斤书卖到了废品收购站，换了几十枚游戏币，在街机厅玩了一天，晚饭也没回来吃。她疯了似的，到处寻弟弟，非逼着弟弟将书找回来。

父亲先揍了弟弟，后来见她闹得没法消停，接着又揍了她。

第二天一早，母亲陪她去赎书，却不料收购站将书卖去了鞭炮厂。鞭炮厂夜间出工，书已卷成了成批的炮仗。

李晓梅崩溃了。往后，村里的红白事一放起炮仗，她一颗心便揪扯着，脚底板也不受控制，循着每一声响，去找断开的炮仗，一截一截带回家，拆开来，有时拆出的是报纸，有时拆出了几张别人的考卷。有一天，她捡到了一枚完整的哑炮，宝贝似的端在手上，忽然“砰”的一声，脸被灼黑了，伤愈后拆掉纱布，脸上便布满了一条一条的细疤。

也正是这些脸上的疤纹，将她献祭给了那只“猪”。

那只“猪”是镇上的闲光棍，年纪比李晓梅大一轮，好偷，名声极差。可父亲相中了这种人，非讲他孝顺——老娘眼睛瞎了，他就按照偏方打了一百多只麻雀，抠出鸟眼睛，用杞菊做汤给老娘喝，老娘又多见了几年的日脚——李晓梅当然不信这种鬼话，她知道父亲已经收了人家的彩礼。

李晓梅向来是个听话的女儿，况且觉得自己败了相，再难寻到称心人，便彻底丢掉了那股抗争的劲头。

4

李晓梅和翠翠的第一站是苏州。李晓梅在那儿有个狱友，60多岁的卷发大妈，原本是公务员，退休后入了邪教，进去蹲过两年。

大妈平常食素，每逢开荤日就将肉都端给李晓梅，李晓梅也帮她囤一些榨菜。她每天中午要念默经，但流水线上的活儿停不得，李晓梅就来帮工，两人关系便处得很好。

到了苏州，李晓梅按照通信本上的地址，到了平江路附近，事先和大妈通过电话了，大妈说自己在那儿有套两居室，不远就是小吃街，苏州点心，麻酥糖、老酸奶、铁板豆腐……小孩子都爱吃。出了车站，找准了门头，李晓梅敲了半天，却没人应声。

李晓梅还没买手机，正要去找公用电话，门开了，一个弓着腰的老太婆探出一颗白茸茸的脑袋，像只长歪了的白蘑菇从门缝里挤出来。

“啥宁？啥事体？”

大妈的腰弓得厉害，眼睛是抬不到人脸上的，认不得人。李晓梅就蹲下来瞅，又不敢认，她印象里的大妈没这些白头发，以前的腰身也是挺直的，甚至每天还要在床头盘莲花座。

“您晓得李晓梅吧？”

“晓梅啊？快进来。作内个老孽……这几个月腰病来了。变化大吧？你不敢认了？快进来。”

大妈拉开门，腾了几步。李晓梅牵着翠翠进去，闻到屋里的香烛气，到处又是佛具，坐也没地方坐，厨房里乱得不能再乱。

“晓梅啊，午饭我没办法招待你了，我在请神治腰……这个就是翠翠哦。”

她挪步过来，摸翠翠的头，翠翠往李晓梅身后躲，她一只手就悬在了空中。李晓梅拉翠翠出来，让她背诗给婆婆听，一路上都说好了，到苏州了，就背《枫桥夜泊》。

翠翠不肯背，李晓梅就教育她：“婆婆招待你，你怎么不晓得感谢婆婆，背诗也不背了？你不是讲要去寒山寺的，不背就不去了。”

大妈就掐李晓梅，讲才进了门为难孩子做什么，不背就不背了，背那东西干吗？说完，大妈就掏了几张百元大钞往翠翠手心里塞，叮嘱李晓梅带孩子出门吃点好的，玩累了晚上再回来住。

晚上，翠翠的肚皮撑得像张小皮鼓，实在玩不动吃不动了，李晓梅带她往回走。大妈给了她们备用钥匙，开了门，人都睡了，李晓梅轻手轻脚地帮翠翠洗了个澡，进了次卧，两人都还残余了白天的兴奋劲儿，一时半会儿睡不着。

大妈不能生育，之前嫁过两个男人，都是体制内的。前一位是她的下属，两人好了，男人提拔了，也不愿意再当丁克，便弃了她；后一位是在单位犯过错的，编制保留了，但丢了职务，娇妻也留不住了，然后经人介绍和大妈搭伙过了三四年。只是后来单位空降了一位一把手，是他先前的下属，竟又将他的职务恢复，这人又要去复婚。

大妈信教，大体便是缺憾又无奈的人生已然不能自洽，要寻得一份支撑余生的力量。

夜深了，李晓梅哄翠翠睡觉，翠翠要去卫生间，光着脚往卫生间跑，才到客厅就大叫起来：“鬼婆婆……鬼婆婆！”原来大妈也要去厕所，但腰痛得不行，身体支撑不起了，竟在地板上爬。客厅只亮了一盏小射灯，灯光打在她脸上蛮可怖。

翠翠吓得不轻，又或许是前几天淋了雨，这一天又奔波劳累，竟发起烧来，烧得脑袋昏昏沉沉的。李晓梅只得先将翠翠送去吊水，又拉着大妈去照“腰片”。大妈死活不肯，说自己信教了，腰必须请神灵来治。李晓梅发了火，说小孩子都看见鬼了，你还在这儿神了佛的，找个相机把你刚才那模样拍下来，你自己瞅瞅，是鬼还是神。

这么一说，大妈又好像开了悟，说小孩子的眼睛就是神明派下来的照妖镜，兴许这腰病就是鬼压身，既然如此，那就追寻神启吧——“神启”在医院吊水，那她也去医院。

翠翠很快就退了烧，大妈住了几天院，翠翠就在她床头活蹦乱跳的，一老一小也不生疏了，玩得很开心。大妈教翠翠念经，一长串的经文翠翠背出来，一点儿都不结巴，大妈就对李晓梅讲：“你看看，小娘鱼（小姑娘）念起经来舌头倒直的，是不是神通？叫你还不信神？”

往后，大妈更加把翠翠当尊小菩萨，做什么都要问出个“神启”来，以至于户头里的几只股票也是这样，翠翠胡乱猜个涨跌，倒也有些准头，大妈就更加神头鬼脸了起来，将她大半辈子吃过的亏都用“神启”弥补回来。

李晓梅看得好笑，就私底下要滑头了，先是让翠翠指示大妈去跳广场舞，接着又编造了公园相亲角的“神启”，倒真粘来一个老头子。大妈嘴上是“搞七捻三、作内个老孽”，私底下倒有几回未等“神启”，就主动去给老头子讲经。

在苏州待了半个月，大妈本想让李晓梅去学保育员，这行当将来的前景蛮好，李晓梅却要带着翠翠继续走了。临走前，大妈舍不得翠翠，翠翠就给她背《枫桥夜泊》：

月落乌啼霜满天，江枫渔火对愁眠。
姑苏城外寒山寺，夜半钟声到客船。

大妈就为翠翠鼓掌，夸她背得顺溜，一点儿不磕巴了。翠翠忽然哭出声，喊：“鬼……鬼婆婆，我也舍……舍不得你。”大家又笑了，说怎么又结巴了。

5

李晓梅的第二站，是去南京看“月庄主”，两人是好了七八年的狱友，李晓梅刚给她打电话，月庄主就迫不及待了，恨不得手指头从听筒里戳出来，要将李晓梅一秒钟内勾过去。

“月庄主”原名马月月，马月月有不少“脏”历史，抢盗、诈骗、仙人跳……坏事干过不少，牢也蹲了好几趟。她和李晓梅正好一正一反、一天一地，坐牢时就没一分钟不在想着早一分钟出去，在改造方面，也的确是个相当油滑的人——活儿没干多少，风头却出了不少。

比如，她常常能在生产线上寻出“次品”，避免整个订单的返工风险。但次品总找不准对应的工序负责人，唯有她知道其中的猫腻。

马月月长相有灵气，高鼻梁大眼睛，笑起来露着虎牙，可在劳动方面，其实是个手笨的人，或者说她很爱惜自己的一双手，舍不得出力似的，每天只能完成别人一半的劳动量。

她和狱医的关系蛮到位，这样就便于领到开塞露，用来保养自己的那双手——最后一次进去，她获刑 14 年，盗窃集团的主犯，就靠着那双手，偷了几十条金项链，涉案金额过百万。

马月月 6 岁的时候就被她的赌鬼父亲卖掉了，

模糊的印象里只记得人贩子背着她翻了两天的山头，又坐了几天面包车，才将她转卖到城里，至今也无法确定出生地在哪儿。

她 7 岁就出来干扒窃，14 岁又跟人“摘金”（抢夺的一种，专门抢夺金饰品，作案目标通常是独行的女性），不到 16 岁便被团伙里的几个男人搞怀孕了，也不知道孩子是谁的。她瞒得肚子败了相，男人们发现了，要打掉这个孩子，她便逃。那是冬季，雪把夜照得亮堂，凛风刮她的脸庞，刀割肉一样，“咬牙也得往前冲的”。

她真逃走了，孩子在庙里生下来，抱给了一个在庙里上香的婆婆。她又回去了，没有理由，没法不回去。为了给她长记性，男人们就在她背上用烟头烫了个疤。再后来，团里开始组织盗抢金店，她首当其冲，出事了也大包大揽，替那几个男人顶包。

如今，她已经自由了，那是漫长的牢狱岁月带来的。前两年一把手得肺癌走了，二把手又因别的案子被判了死刑，团伙解散前，有人来给她上了 7000 元大账，她倒还哭了一场，哭完又觉得不知道有什么值得哭的。

服刑后期，马月月被管教调了岗，到入监队去当新犯组组长了。从劳务岗调至协管岗，从普犯变身为骨干犯，狱友们对她的“高升渠道”空有羡慕的份儿，却又知道她那一套“劳改经”是学不来的，就称她为“月庄主”。别看这名号响，但谁往细了琢磨，都知道这“月庄主”分明是骂人的话。

那时候，她 14 年的刑期已获得 3 次减刑，余刑还有 1 年 9 个月，协管岗每月 9 分，按照 120 分减刑一年的政策，她又能提早 1 年，赶在 37 岁前出狱。不过，马月月也有令人不敢“戳指”的地方，她每年有 900 块的劳动奖金，一直存着，年底就寄给一个贫困学生，资助了 8 年。

到岗一周后，马月月重点抓监房卫生工作，新犯们很服管，第二周她负责的小组就挂上了“卫生监舍”的荣誉三角旗。讨好管教最有用的心思就在“卫生”上面，卫生搞好了，管教面子上是很光彩的，尤其在女监。

有天，管教告诉她：“马上调个人去你那儿，是个加刑的。”

马月月有点儿兴奋，赶紧问：“是那个不愿意回家的？”

管教起身走了，几步后掉过头，回了一句：“加了 1 年刑。这个人你给我重点关注，不要在这儿给我搞出纰漏。”

2017 年 8 月 19 日，李晓梅的余刑还有 28 天，人已经被送去了出监队，但她却做了件傻事。

深夜合不上眼，李晓梅站去窗口发呆，发现出监队的窗户竟没装钢网，睡上铺的人，脸上都浮着一层油光。窗外好大一个月亮。她倚在窗口，狱友们都睡了，6 张高低铺睡了 11 人。

在静谧的夜色下，她开始胡思乱想，忽然想到以前的男人，这种人就不曾给过她这样一分钟的平静。“那只猪，但凡脑袋磕到枕头，雷一样的呼声要整宿不消停的。”

她后来杀掉他，也或许有一些长久不得平静的烦躁，但主要还是因为这只猪去寻求快活，又将四个月大的女儿撂在面包车里。酷暑天也不开车窗，等自己快活完，女儿就不对劲了，送到医院，“内脏全闷孬了，医生说是溶解，什么办法都救不活”。

李晓梅动了刀子，动手时的狠劲儿令自己都吃惊，好像手是被人握住了似的，手都麻掉了，虎口也撕开了一条长口子。这倒不是一场胜仗，她差点儿被判死刑。法官觉得她的作案手段太恶劣，场面太血腥，那又恰巧是新世纪初命案重治，一审便敲她一个死刑。后来不知撞上怎样的牢运，二审给她改了判，变成了无期徒刑。

这点事都过去这么久了，牢也蹲了整整16年，李晓梅倒是这晚站到窗口，才算看清过一次牢门里的月亮。

她当时还琢磨，这里的窗户不装钢网是有“文章”的，来出监队的，都是个把月要出去的，这里谁还会跑，谁还需要被严严实实地关着锁着呢？

可李晓梅起了跳窗的心思，一是舍不得，二是对出去的路太迷茫——做出一番逃跑的姿态，再吃一趟“加刑”的苦头，然后能多待个一年半载的——但实在又鼓不足勇气，只能先将这个念头压了下去。

厕所那儿有个镜子——其实所谓的镜子，就是方便面的包装袋，翻过来、压平、除皱，贴到墙上能照出一些模模糊糊的肉色。李晓梅看着镜中的自己，想起自己进来时才18岁，拼力气劳改，只是为了能让无期变有期，心里仍旧渴望着未来。眼下她34岁了，笑起来脸上裂开好多条深纹。她倒不讨厌这些纹路，正好掩掉小半片脸上的伤疤——那是哑炮迎面炸响时留下的“恶咒符”，一切又回到所有痛苦的起点……

想完前尘往事，李晓梅忽然涨起一身劲头爬上窗台，跳了下去。

第一次见面，见到李晓梅的那一刻，马月月心说：这模样的女人是只能留在劳改队了，要是真回去了，也只能讨饭。

她知道李晓梅的“劳改资历”胜于自己，又加上是狱内知名的劳动快手，不能真拿她当新犯对待。照往常，新犯进组的第一件事是背《行为规范》，5章38条，印在一本牛皮纸册子上，要3天内背熟了，而且还有一套“压压人的形式”要过，背规范时新犯要去厕所蹲着，面壁朗读。

这套规矩，马月月没用在李晓梅身上，但也不能太过偏袒，规范还是要背的，“蹲厕”就给她免了，且还有第二件事省不得——新犯入组的第一天晚上，要对大伙儿做“罪案播报”。

这套形式的作用有两方面，一来可以打发掉大伙儿的睡前时间，二来通过当事人自己的讲述，组长能够及时地掌握新犯的思想动态，方便汇报给管教。

马月月记得，那天晚上真就被李晓梅的讲述吓住了。她讲自己对丈夫动刀子的细节，170 斤的男人被她劈开了肚子，邻居赶来救场，背着丈夫往医院赶，她跟在后面，刀还是举着的，丈夫肚子里掉出来一挂肠子，她竟下意识地去捡，一边想着要杀掉这男人，另一边又想着哪怕还有一丝救命的希望，也缺不得这挂肠子。

马月月忽然就对李晓梅有了一种同病相怜之感，没安排任何杂务给她，后来又听说她自考得了本科文凭，就把监房汇报本、大账登记、信件管理的记录工作都交给她。

马月月这样关照李晓梅，其实还有一个原因——她发现李晓梅加刑后的刑满日期和自己的相近。她自己是个没回头路的女人，出狱后的生活还得靠“捞偏财”，她对李晓梅的同情之中顺带着“姊妹命运共同体”的捆绑意图。

在她看来，李晓梅更是没回头路的女人。

6

在监狱之外见了月庄主，李晓梅是真生气了。对方开口便要借钱，李晓梅自己都没着没落的，哪儿有钱借她？看借钱无果，她又劝李晓梅跟自己去干一桩“大事”。

马月月在生产线上劳动那几年，帮一群退休老干部做过中山装，一共42套，她记得清清楚楚。那是一次慰问退休老干部的活动，慰问品里有42套中山装，管教将一张尺寸单交到马月月手上，上面不光有每个人的尺寸，竟还有年龄、原职、住址和电话号码。

中山装的工艺难度颇大，马月月干得吃力，又必须贴着工期交货，就每天和自己的上下道（流水线前后道工序岗位的人）咒骂这群老干部。前道是个诈骗犯，后道是搞入室盗窃的，这两人骂了几天，忽然交流起犯罪手段了，然后便拟订了一个“骗偷双技巧结合”的作案计划：为老干部上门做公益保洁，伺机顺走老干部家中值钱的财物。

这计划当然是用来说笑的，但马月月真动了鬼心思。在她看来，这套计划简直是太完美了，首先老干部家中必定好物件多，老人家记性也不好，顺点儿金饰手表什么的，当下肯定发现不了，就算被怀疑了，只要现场不“出脏”，便很容易“赖账”。那时候，她刚得知先前的团伙已经散了，一方面觉得自己从此不再受约束，另一方面又觉得今后也没了着落。于是，她便将那张尺寸单抄了一遍。

李晓梅听完计划不吭声，马月月急跳脚了，指着李晓梅开骂：“白眼狼，在里头我那么关照你，你不是答应好的？现在嘴巴哑了？你反正是把监狱当家的人，你烦什么啊？”

李晓梅跟马月月对骂了起来，马月月端起一只杯子，砸在地上，玻璃碴子四溅，翠翠忽然大叫几声，两人看过去，孩子的衣服上都见红了。

闹到这番地步，马月月自知理亏，只说自己不是故意的，医药费她会想办法贴。讲到这里，又好像憋了委屈似的，撒泼似的哭骂起来：“事情搞得一团糟，我干妹妹考了名牌大学，马儿（马上）办酒，请我喝酒我掏不出一分钱的红包，多难看啊！”

李晓梅不搭腔，拖着翠翠要走。翠翠却从口袋里翻出一只红包，里面是2000块，原来是鬼婆婆偷偷塞给她的，她帮鬼婆婆选对了股票得的奖励。翠翠不仅将红包递给马月月，还把给妈妈上大账的875块也掏了出来。李晓梅一把拦住，让马月月将钱还给孩子。马月月嬉皮笑脸，摸着翠翠的头说，真是乖宝贝，阿姨借了用用，给你算利息的。

李晓梅气坏了，伸手去抢，好歹将那875块抢了回来，拖着翠翠要走，马月月又把孩子抱回来："吃顿酒再走，好聚好散，我要去吃干妹妹的酒，份子钱是翠翠出的，她还能不去啊？"

李晓梅只得又多留了两天。

等到了升学宴，李晓梅才知道马月月三句话不离嘴的这个干妹妹，就是她资助了好多年的贫困学生。干妹妹过来敬酒，人白白净净，很漂亮，考上了"一本线的硬牌子学校"。等人去了下一桌，翠翠忽然扯住马月月说："阿姨……这个姐……姐姐，长……长得真像你。"

李晓梅恍然大悟，正要开口询问，马月月赶紧捂住她的嘴，泪涌出来，另一只手也捂住了自己的嘴巴，指头缝隙里漏出湿润的话声："不好认……不好认的……"

从饭店出来，李晓梅真就决定要走，马月月也没办法留人了，两人关系和好了。一起到了车站，李晓梅想起什么似的，就拉翠翠过来，问她背会了《泊秦淮》没。翠翠说早都会了，李晓梅就让她背给马月月听，翠翠就大大方方地背出来：

烟笼寒水月笼沙，夜泊秦淮近酒家。

商女不知亡国恨，隔江犹唱后庭花。

马月月鼓掌，说翠翠背起诗不结巴，说明长大了就不会结巴，阿姨欠翠翠 2000 块钱，等翠翠长大了就给翠翠出嫁妆。李晓梅掐她一把，喊了一声响亮的“月庄主”，让庄主少哄小孩，少赖账。

7

李晓梅下一站去镇江，泡泡在那儿，她们在牢里好了两年，“好”得不一般。泡泡在监狱里追求过李晓梅，李晓梅起初有些怕这种人，后来因为一次生产线前后道工序扯皮的事，泡泡跳出来帮她出头，两人才走得紧密。

李晓梅带着翠翠来镇江找她，泡泡格外开心，将翠翠抱在怀里，又摘下指头上那枚铜戒指，像展示武器一样的，拿给翠翠瞧。

泡泡 52 岁了，体型肥壮、面庞松垮，文着墨绿色的眉毛，脖子上挂了条银质马鞭链，双手戴了 6 个戒指，涵盖了金银铜三种材质，那枚铜戒指上竟铆着钉子。有次在夜市摊上，女伴被醉汉骚扰，泡泡只出一拳，醉汉就昏过去了。

翠翠问李晓梅，她为什么叫泡泡啊？泡泡笑了几声，她不好跟小孩子讲很早以前的那点儿事。

年轻时家人发觉她的性取向特殊，就认定她是“鬼上身”。那还是 80 年代，乡土大地上的恶疾异怪之事都得依神赖鬼，父母就请来驱魔的“和尚”。和尚脱光了她的衣服，在她身上抹了很多肥皂水，用敲木鱼的棒子在她身上滑来捣去，竟升起来一颗颗的五彩泡泡。和尚说这场面叫“恶灵散魄”。

她被绑着，没法反抗，就逮住机会，一下咬住了木棒，死不松嘴。和尚就喊她母亲进来，母亲骂了也不管用，父亲忽然冲进来，用火钳子打她的嘴，嘴皮子被打烂了，出了很多血，血和肥皂水混在一起，和尚又开始施法，她的身体就浮上去一颗一颗的血泡泡。

后来，父母逼着她嫁人。她年轻时候是相当有模样的，说定的也是条件上游的人家，她抗不过父母，便嫁了过去，但仅一天后就被退婚，因为那边发现她“不干净”。

被退回来了，父亲当然饶不了她，先是扇了她几个巴掌，脸肿得不像话了，冒了一鼻子血。又逼她说出事情真相：“怎么破的？”泡泡是自己“拆封”的，她有意这样做，她需要一次彻底的对抗。

她也曾有过一个真正的伴侣，山东那边的，先前的男人从机床厂下岗了，找不到活路就帮别人在作坊里车枪件，后来窝点被端，男人抓去枪毙，女人还在哺乳期，嫌养小孩太吃力，就穿一件军大袄，内里挂了两把藏货，在火车站附近兜售。

那时候的泡泡不想在家待了，但身上的车票钱又不够，在火车站附近蹲了好些天，两个人就这样撞见了。外人看不懂，但两人彼此一眼便相识了，白天泡泡帮忙打掩护，夜里卖枪的也不抗拒她索取的几个亲吻。

枪刚出了一把，两人便双双落网。泡泡大包大揽，定了主犯，获刑四年，卖枪的获刑两年半，但因在哺乳期，就判了缓刑。泡泡出来后四处寻她，听说她谋生困难，禁不住再吃苦，竟抱着孩子跳了水库。

泡泡相当难受，心里头憋着说不清道不明的苦，走在乡间的鱼塘边，见一个敞胸露怀的塘主，冲自己吹了两声口哨。她正是有气没处撒的当口，就和那个男人打了起来，打不过便咬，咬那人的耳朵、脖子、手臂……咬得那人满地打滚，号啕大叫。村民们赶来捉住她，男人鉴了轻伤，她没赔偿能力，没办法私了，又进去两年，就遇见了李晓梅。

眼下，面对一双孩子的眼睛，泡泡半个字也讲不出来，只能将翠翠领到住处后头，那儿散发出一股肥皂水的香味，到处竖着一些巨大的蓝白桶。

泡泡在这儿搞了个洗衣液加工黑作坊。她拿起一根木棒在桶里搅拌了几下，四处飘起缤纷的泡泡，翠翠就很高兴了，喊着：“你，你是，生，生泡泡的……你就叫，叫泡泡了。”

泡泡劝李晓梅留下来一起弄作坊里的事，等回了本，收益就对半分。李晓梅口头上应了，但带翠翠几个城市逛了一圈，是时候要送她回老家了。等这桩事办妥了，就过来帮帮忙。

只是讲好的事，半夜里又出了意外。

那天，翠翠将一只猫抱到屋里，猫是泡泡邻居的，那是位更年期的暴躁的本地女人，格外瞧不起外地人。翠翠抱走她的猫，她就追到屋里骂，讲这只猫才洗了澡剃了毛，翠翠这个脏小孩怎么能抱她的猫。泡泡就跟这人拌了嘴，不料，半夜被这人“点”了作坊。

泡泡夜里睡得浅，听见了一阵车胎碾压路面的声响，发现是几辆警车，拉着李晓梅和翠翠逃。逃到天亮，泡泡也不知何去何从了，李晓梅就让她跟自己一起送翠翠回去，然后再想后面的事。

作坊的事又要再进去，泡泡倒也不怕了，听李晓梅说了翠翠被坏保安欺负的事，说什么也要绕回去一趟。等到了地方，不由分说，就跟那男人打了起来，那人一下就倒地抽搐起来，她们才知，原来是个有癫痫病的废人。

泡泡拉着翠翠进屋，说去看大螃蟹，地上有只吐泡泡的大螃蟹——保安倒在地上嘴里不停地冒白沫。李晓梅有些慌，问人会不会死。泡泡说是癫痫，一会儿就好，让他给翠翠表演几分钟。

翠翠不敢看，捂着眼睛，又偷偷从指缝中张望一下。

两人带着翠翠抵达县城时，泡泡想起自己的狱友群里有位同行在当地，是个造高仿鞋的。她听李晓梅讲了翠翠奶奶的事，就叫朋友送了几双大牌鞋来，又给翠翠买了只大书包，将鞋子装里面，让她回去哄哄奶奶。

两人将翠翠送到路口，那儿距离翠翠家还有 1 公里，她们不想跟生人照面了，让翠翠自己回去。翠翠哪里舍得她们，眼睛已经哭肿了，又说这两天没有偷懒，背了好多好多的诗，让李晓梅抽查。

李晓梅要和泡泡回镇江了，就让她背出自镇江的《芙蓉楼送辛渐》，翠翠拖着哭腔背了出来：

寒雨连江夜入吴，平明送客楚山孤。

洛阳亲友如相问，一片冰心在玉壶。

后来，翠翠跟李晓梅打拜年电话，说到家那晚就做了梦，梦见自己在一个巨大的漂亮的泡泡里，一直往天上飘，一点儿也不害怕，很安全地往云堆里飘。

再后来，李晓梅陪泡泡去自首，泡泡因黑作坊的事进去了 9 个月。现在，她们进了同一家制衣厂。

图书在版编目（CIP）数据

刑期已满 / 虫安著 . -- 北京 : 华龄出版社 ,
2023.12

ISBN 978-7-5169-2637-6

Ⅰ . ①刑… Ⅱ . ①虫… Ⅲ . ①纪实文学—中国—当代
Ⅳ . ① I25

中国国家版本馆 CIP 数据核字 (2023) 第 207471 号

刑期已满

作　　者 虫　安
责任编辑 梁玉刚
责任印制 李未圻
策划监制 小马 BOOK
内文制作 赵廷宏

出版
发行 华龄出版社 HUALING PRESS
社址 北京市东城区安定门外大街甲 57 号
邮编 100011
发行 010-58122255
传真 010-84049572
承印 定州启航印刷有限公司
版次 2024 年 2 月第 1 版
印次 2024 年 2 月第 1 次印刷
规格 787mm × 1092mm
开本 1/32
印张 10.5
字数 160 千字
书号 ISBN 978-7-5169-2637-6
定价 58.00 元